나의 동유럽 여행기

집 나가면 개고생?
Oh, no!

나의 동유럽 여행기

집 나가면 개고생?
Oh, no!

초판 1쇄 인쇄 | 2018년 12월 25일

지은이 | 장은초

펴낸이 | 이승훈

펴낸곳 | 해드림출판사

주 소 | 서울 영등포구 경인로82길 3-4(문래동1가 39)
      센터플러스빌딩 1004호(우편07371)

전 화 | 02-2612-5552

팩 스 | 02-2688-5568

E-mail | jlee5059@hanmail.net

등록번호 제2013-000076

등록일자 2008년 9월 29일

ISBN 979-11-5634-320-2

장은초 여행 에세이

나의 동유럽 여행기

집 나가면 개고생?
Oh, no!

여행 준비물 1호는
설렘이다

여행에 설렘이 없다면 단언컨대 그건 앙꼬 없는 찐빵이다. 국내 여행도 마찬가지겠지만 해외여행 가는 마음이 어찌 설레지 않으랴.

나는 17년 만에 여행 가방을 싸고 있다. 2001년 아이들이 중학교, 초등학교 다니던 시절에 중국 베이징 여행을 다녀온 후로 한 번도 해외로는 나가지 못했다.

'그동안 왜 한 번도 해외로 나가지 않았을까?' 생각해 보니 경제적으로나 시간적으로나 여유가 없었던 탓이기도 하지만 일단은 모든 걸 미루고 또 미뤄둔 상태라고 할 수 있다.

나는 남편의 말만 믿고 가고 싶어도 꾹꾹 참고 있었던 터다.

"내가 퇴직하고 나서 시간이 넉넉할 때 당신 가고 싶은데 다 가 보자."라고 했던 남편의 말을 이제 실천할 일만 남은 셈이다.

남편의 직장 생활은 춘풍추우(春風秋雨) 서른세 번이니 강산이 세 번 바뀌고도 남는, 결코 짧지 않은 세월이었다. 처자식 먹여 살리느라 가장의 무게는 시시포스가 매일 바위를 언덕 위로 굴려 올리는 것에 비한다 하여도 전혀 과장이 아니리라.

남편은 작년 연말에 그 형벌에서 벗어나 홀가분한 자유의 몸이 되었다. 이제 그 누구에게도 눈치 볼 것 없고 어디에도 구애될 것 없는 완전한 자유인이 되었으니 무엇이 거리낄까.

오월 농부가 팔월 신선이 아니던가. 개미가 금탑 모으듯 젊어서는 살림 일구느라 꿈도 못 꿨던 일을, 이제 허리띠를 늦추고 쉬엄쉬엄 꽃도 보고 새소리도 들으며 소견세월하려고 한다. 참 고마운 일이다.

이렇게 남편과 나의 여행은 동유럽으로 첫걸음마를 떼게 되었다. 여행을 준비하는 시간부터 이미 여행이 시작된 거라고 지인이 말해줬다. 맞는 말이다. 벼르고 별러서 가는 나의 여행에 설렘과 동시에 장애물이 전혀 없는 건 아니다. 바로 골비단지인 나의 건강 때문이다.

'장시간 비행기를 탈 수 있을까?' '호흡기에 문제가 생기면 어쩌나?' '여행 중에 와병이라도 하면 어쩌지?' '패키지여행에서 일행들에게 민폐를 끼치면 어쩌지?' '갔다가 영영 못 돌아오면 어쩌지?' 이런저런 걱정이 머릿속을 떠나지 않았다.

여행 가방에 꾸려야 할 약도 많았다. '악으로 깡으로'의 해병대 구호가 아니라 나는 '약으로 설렘으로' 장애물을 극복해 나가야 한다. 몸성히 여행하고 돌아오면 꼭 여행기를 남기리라 마음먹었다.

내가 작가라서 그런 마음이 들기도 하지만 적어도 자신이 다녀온 곳의 흔적을 기록으로 남기는 게, 머리로 기억하는 것보다 백배는 낫다고 생각하기 때문이다. 총명이 둔필만 못하다고 하는데 아무리 일람첩기(一覽輒記)한다 해도 세월 앞에는 장사가 없으니 기록만이 최고일 것이다.

소풍 가는 아이처럼 가방을 꾸려 놓고 늦은 밤 두 아이에게 카톡을 보냈다.

"엄마가 내일 여행을 떠나는데 잘 다녀올 수 있을까? 그래도 엄마 열심히 살았는 거 절대로 잊지 마라."고 보냈더니 작은 녀석이 득달같이 전화를 했다.

"엄마 여행 떠나면서 죽으러 가는 사람처럼 왜 그러세요? 많이 많이 즐기고 오세요. 나는 다시 태어나도 엄마 아들로 태어나고 싶어요. 엄마는 나에게 최고의 엄마예요."

부모가 자식에게 듣는 이보다 더한 대찬(大讚)이 어디 있으랴. 눈물나게 고맙지만 진짜 고마운 건 따로 있다.

이순이 턱밑쯤에 이른 우리 연배들이 흔히 하는 말로 마마 호환보다 더 무서운 게, 자식이 손을 벌리는 거라고 한다. 노년의 최고 재테크는 자식들이 제 앞가림하고 살아주는 것인데. 우리 두 아들은 일찌감치 제살이하며 우리를 걱정시키지 않으니 어찌 고맙지 않으랴. 우리 아이들이 내로라하는 엄친아는 아닐지언정 형제끼리 짐이 되지 않고 의초롭게 지내는 것 또한 부모로서 여간 하못한 일이 아니다. 이렇게 나에게 든든한 백이 있는데 무엇이 두려울까. 갑자기 힘이 불끈불끈 솟아나는 것 같았다.

'그래, 내 건강이 어때서! 여행 떠나기 딱 좋은데…….'

차례

| 동유럽 | Hungary | **3 헝가리** |

| 동유럽 | Czech | **4 체코** |

| 동유럽 | Germany | 5 다시, 독일 |

| 발칸 유럽 | Serbia | 6 세르비아 |

동유럽

독일

해가 지지 않은 하루

2018. 4. 11. 우리가 탄 공항버스는 시내를 벗어나 올림픽 도로를 쌩쌩 달렸다. 두 아들과 며느리의 응원까지 받으며 떠나는 마음은 애드벌룬을 떠운 듯했다.

여의도 윤중로 벚꽃이 시나브로 이울어 가고 한강변 길체에 수양버들은 연초록 자락으로 휘휘 늘어져 있었다. 멀리 산벚꽃이 연초록 이파리들 사이에 하얗게 고개를 삐죽삐죽 내밀며 한 폭의 수채화를 그려 놓은 듯했다. 딱 이맘때만 볼 수 있는 연초록들의 향연을 실컷 보지도 못하고 두고 가려니 많이 아쉬웠다. 낙화유수가 아니던가! 내가 돌아올 때쯤엔 연초록이던 이파리가 한층 짙어져 있을 것이다.

공항에 도착해 탑승 수속을 밟고 수하물을 부치고, 여행사 가이드와 미팅을 마치고도 시간이 널널했다. 비행기 탑승 시간까지 3시간이나 남았다. 문우들이 여행 갈 때 가끔 공항에서 인증샷을 찍어 카톡방에 보내기도 하는데, 그때마다 몹시 부러웠다. 나도 그걸 한번 해보고 싶어서 남편에게 공항 사진을 찍어 달라고 했다.

"저 오늘 동유럽으로 여행 떠나요."라며 인증사진을 올렸더니 잘 다녀오라는 댓글이 주렁주렁 열렸다. 자칫 얄미울 수도 있으련만, 격려를 해주는 문우들이 고마웠다. 점심을 당겨서 먹고 커피도 마시고 다른 이들의 패션도 눈요기하며 보내니 3시간이 금세 흘러갔다. 기다림도 즐거움이고 설렘이었다.

독일 프랑크푸르트를 향해 비행기가 이륙했다. 창가에 앉아보니 지상에 보이는 것은 온통 바다였다. 바다 위에 아주 작은 배들이 물이랑을 내며 꼬물꼬물 기어가는 모습이 보였다. 11시간 30분을 가려면 정말 지루하지 않을까 걱정이 들었지만, 창밖 구경을 하느라 어느새 북경쯤에 와 있었다. 몽골의 울란바토르를 지나 러시아의 바이칼 호수를 지나고 있었다.

음악을 듣다가 슬슬 주니가 나기 시작했는데 마침 구미가 당기는 영화 한 편을 발견했다.

비행기에 비치된 영화 중 나는 '남한산성'을 골랐다. 역사물이라서 아주 관심을 가지고 보았다.

조선 16대 왕 인조의 '삼전도 굴욕' 사건을 다룬 영화인데 그야 말로 온갖 굴욕을 다 당하는 꼴에서 분노가 일었다. 오만방자한 청나라에 대한 분노이기보다 무능하기 이를 데 없는, 감도 안 되는 인물이 반정으로 옥좌에 앉아 치욕의 역사를 오달지게 쓰고 있는 게 더 꼴불견이었다. 조선이 능멸당하는 기분은 380년이란 세월을 지나와도 여전히 오물을 뒤집어쓴 듯 치욕스러웠다.

언젠가 역사물 프로에서 선조가 더 무능한 왕일까? 인조가 더 무능한 왕일까? 묻는 우스갯소리가 있었다. 두 임금 모두 전란(戰亂)을 겪은 왕이었으니 그 대처 방식을 두고 왈가왈부하다 그런 물음이 나온 것이리라.

결과는 인조 승! 선조 패였다. 인조는 전란을 피해 3번이나 몽진을 갔고 선조는 한 번 갔기에 패가 된 것이다. 덤앤더머가 아닌가! 쌍으로 무능하고 쪽팔리는 짓만 제대로 한 왕들이니까!

하늘 위에서 영화를 볼 수 있다니, 그것도 자기 취향에 맞는 영화를 혼자서만 사부자기 볼 수 있으니 참으로 좋은 세상에 살고 있음을 실감했다.

남편은 두 편을 보고 세 편째 고르고 있었다.

러시아의 끝자락인 상트페테르부르크를 지나 발트해를 지나는 동안 하늘엔 여전히 태양이 눈부시게 빛났다. 우리나라는 지금쯤 깜깜한 밤일 텐데…….

우리나라보다 유럽이 7시간(서머타임 적용으로)이 늦으니 그럴 테지만 온종일 해가 지지 않는 광경은 처음 보는 터라 이 또한 어찌 신기하지 않으랴.

11시간 30분간을 눈 한번 붙이지 않고도 남편과 함께 가는 길이여서인지 지루한 줄 모르고 독일에 도착했다. 아직도 해가 밝게 비쳤다. 프랑크푸르트 공항에 도착하니 오후 5시 40분이고 우리나라 시간은 오밤중인 새벽 0시 40분이다.

공항을 빠져나와 처음 마주한 건 맑은 공기였다. 마치 강원도 산골 같은 신선한 공기에 놀라지 않을 수 없었다. 대기하고 있던 전세버스를 타고 숙소로 가는 길이 아우토반이라고 했다. 아우토반은 무한 질주할 수 있는 직선도로인 줄 알았는데 제한속도가 시속 120km로 정해져 있고 그냥 자동차전용도로일 뿐이라고 했다. 더욱 놀란 것은 독일엔 택시도 모두 벤츠, 아우디, BMW였다. 한국에서 자주 보던 차종이라서 낯설지는 않았다.

우리나라에선 아직도 외제차는 독일 차를 선호하는 편이다. 독일 차가 부의 상징으로 여겨지지만, 이곳은 흔하디흔한 대중교통일 뿐이었다.

공항에서 2시간 30분 소요되는 숙소로 가는 길, 벚꽃과는 좀 달라 보이는 하얀 꽃들이 아우토반 도로변에 흐드러지게 만개했고 이곳 역시 연초록 이파리들이 바람에 하늘거리고 있었다.

어둑발이 내리고 사위가 깜깜해진 도로를 한참 달린 뒤에야 숙소가 있는 로텐부르크에 도착했다. 거대한 성벽 안에 조그만 호텔이 있었다. 어찌 보면 교소도 같은 느낌이 들기도 했다. 호텔이라기엔 낯간지러운 우리나라 모텔 수준밖에 안 됐지만 그래도 있을 건 다 있어서 딱히 불편함은 없었다.

서울에서 아침 일곱 시에 집을 나와 독일의 숙소까지 꼬박 20시간이 걸린 셈이다. 먼길을 왔건만 그다지 피곤하지 않은 건 왜일까. 아마도 설렘이란 명약 때문이리라.

21세기에 중세 도시를 걷다

새들이 우짖는 소리에 잠을 깼다. 창문을 열어보니 알싸한 공기가 와락 안겼다. 공짜로 맘껏 마실 수 있는 로텐부르크의 아침 공기는 백만 불짜리 공기였다. 어젯밤에는 어두워서 잘 몰랐는데 숙소는 마치 요새에 싸인 듯 높은 담장 안에 포근히 엎드려 있었다.

호텔 조식은 빵과 우유, 시리얼, 치즈, 소시지, 계란프라이, 간단한 야채와 과일이 차려진 뷔페식이었다.

죄다 내가 좋아하는 것들이라 음식에 대한 부담감은 전혀 없었다. 밥이 아니어도 아침을 이렇게 한 끼 먹는 것도 괜찮을 것 같았다. 이것저것 먹다 보니 오히려 포식을 하고 말았지만….

이드거니 배를 채우고 여행 1일 차, 로텐부르크의 조그만 마을

집 나가면 개고생? Oh, no!

을 구경했다.

타우버강 계곡에 위치한 로텐부르크는 '중세의 보석'이라 불리며 성벽으로 둘러싸인 거리가 타임머신을 타고 중세로 와 있는 것만 같았다. 성야곱 교회, 시청사와 앙증맞은 물건들을 파는 상점, 그리고 마을 사람들의 모습이 도저히 여기가 21세기라고 믿어지지가 않았다. 좁지도 넓지도 않은 아담한 골목길을 걸으며 고색창연한 건물들이 마치 동화 속에서 툭 튀어나온 듯 예쁘기 그지없었다. 아니 동화 속 라푼젤이 성탑에서 탈출하여 금발 머리를 길게 풀어헤치고 어느 골목에선가 자박자박 걸어 나올 것만 같다. 이런 마을에서 사는 사람들은 삶의 질이 얼마나 높을까, 부러웠다.

오래전에 고인이 된 요한 바오로 2세 교황도 이곳을 다녀가셨다며 길 한 쪽에 기념비가 있었다. 부르크 문을 지나서 들어가니 싱그러운 정원이 아침 햇살을 가득 머금고 있었다.

아! 여기가 정말 독일인가? 독일은 선진국이라 마천루 같은 건물만 즐비할 거라 생각했는데 로텐부르크 동네 한 바퀴를 돌아보니 독일에 대한 또 다른 인식이 하나 새겨졌다.

여태 내가 본 제일 예쁜 마을이었고, 한 번쯤 살아보고 싶은 생각이 저절로 들게 했다. 2시간도 채 안 되어 동네 한 바퀴를 돌고 나니 혹시 빠뜨린 건 없는지, 무심코 지나쳐버린 건 없는지 한 바퀴 다시 돌아보고 싶었다. 하지만 일정표대로 움직여야 하는 여행이고 보니 다음 방문지를 향해 아쉽지만 이제는 떠나야 할 시간이다.

독일인들이라면, 발길 닿는 대로 훌쩍 떠나와 힐링하고 갈 수 있는 곳이 아닐까 싶었다. 기차역과도 가까운 곳이라니 힐링 여행하기엔 그저 그만이겠다.

파란 하늘에 뭉게구름이 알록달록한 건물과 절묘한 조화를 이루면서 동화 속 마을에서 거닐었던 착각으로 로텐부르크를 기억하게 될 것이다. 첫 여행지에서의 강렬한 인상은 두고두고 이야깃거리로 또는 그리움으로 남아있겠지.

아, 이참에 하나 배우고 가야겠다. '중세'라는 말을 자주 듣고 쓰고 했다. '중세 건물' '중세 마녀' '중세 기사' 등 자주 쓰면서도 정확히 언제에서 언제까지를 중세 시대라고 하는지 몰랐다.

유럽 역사에서 서로마 제국이 멸망한 476년부터 1453년 동로마 제국이 멸망할 때까지의 약 천 년간을 〈중세 시대〉라고 한다.

우리나라로 역사로 보면 476년은 삼국시대 고구려 장수왕이 땅따먹기 독판치던 시기부터 조선 6대 왕 단종 재위 기간에 해당되는 시기까지로 생각하면 이해가 빨라진다.

뮌헨의 노란 민들레

로텐부르크를 떠나는 발걸음이 아쉬웠지만, 다음 여행지를 향해 버스에 올랐다. 뮌헨으로 가는 길은 3시간이 소요된다고 했다. 뮌헨은 독일에서 세 번째로 큰 도시이자 남부 독일의 중심도시라고 한다. 우리나라에서도 독일 하면 가장 많이 듣던 도시이기도 하다.

1972년 독일 뮌헨에서 하계 올림픽이 열렸다. 팔레스타인 테러리스트들이 이스라엘 선수 숙소를 급습하여 선수를 사살하고 인질로 잡는 등 피로 물든 최악의 올림픽이라는 오명을 가지고 있는 곳이기도 하다. 하지만 나에게 뮌헨은 또 다른 환상이 있다. 바로 수필가 전혜린과 닥종이 작가 김영희가 떠오르기 때문이다.

요절한 엘리트 수필가 전혜린이 유학했던 곳이 뮌헨이다. 뮌헨에서 결혼하여 딸도 낳았고 뮌헨을 배경으로 수필도 여러 편 남겼다.

냉철한 지성의 소유자인 전혜린의 짧은 삶에 연민을 느끼고 불꽃 같은 열정과 재능을 기억하는 사람이 아직도 적지 않다. 적어도 문학인이라면 그녀의 죽음을 아까워하는 사람들이 훨씬 많지 않을까.

또 닥종이 인형작가 김영희의 자서전 '뮌헨의 노란 민들레'에서도 생소하지 않은 지명이다.

뮌헨으로 향하는 버스에서 나는 줄곧 전혜린과 김영희 작가를 생각했다.

'그리고 아무 말도 하지 않았다' 수필집을 남긴 전혜린은 1955년 그 당시에 독일 유학을 한 신여성이었고, 31세의 나이로 생을 마감한 비운의 작가이자 번역가이다. 그래야만 했을까? 죽은 자는 말이 없지만 아까운 죽음이었다.

김영희 작가는 지금쯤 어떻게 살고 있을지, 14살 어린 독일 남자와 재혼했는데 아직도 잘살고 있을까. 연하남 남편과 살기가 그리 녹록한 일은 아닐 텐데, 1944년생인 그녀의 나이도 이제 칠십 중반이 되었겠다.

닥종이 공예를 통해 타국에서 고독과 향수를 달랬고 글쓰기 또

한 자신의 삶을 지탱하는 버팀목이었다고 저서에서 술회한 적이 있다. 국적이 다른 다섯 아이의 사춘기를 겪어내야 했던 강한 엄마였지만 어찌 맵짠 세월이 아니었겠는가! 그녀의 늘그막 삶은 안온했으면 좋겠다.

'뮌헨의 노란 민들레' '아이를 잘 만드는 여자' 등 십여 편의 작품집을 출간한 수필가이며 닥종이 공예의 독보적인 예술 감각을 지닌 김영희 작가를 뮌헨 가는 길에 연상(聯想)되어 지는 건 지극히 당연했다.

내가 두 작가를 생각하고 있는 동안에 뮌헨으로 가는 버스 안에서 가이드는 소매치기를 조심하라고 입이 닳도록 얘기했다. 관광객만 노리는 전문 소매치기들이 많다며 소매치기들은 관광객을 아주 좋아한다나 어쩐다나….

뮌헨에 도착하니 거리는 북적댔고 누가 소매치기인지는 모르지만 낭패를 안 보려면 핸드백 단속에 집중할 수밖에 없었다.

뮌헨의 마리엔 광장을 지나 점심을 먹었다. 세 덩이의 스테이크와 감자튀김이 커다란 접시에 나왔는데 웬만한 여자들 세 명이 달라붙어서 먹을만한 양이었다. 나는 절반도 못 먹었다. 양도 많았지만 음식이 매우 짰다.

세상에나! 점심을 이렇게 많이 먹는단 말인가? 동양에서는 마음에 점을 찍듯 조금만 먹는다고 점심이라 하는데 이곳 독일은 점심을 배터지게 먹나 보다. 하긴 그들의 덩치를 보니 그 정도는 먹어줘야 할 것도 같다.

점심을 먹고 뮌헨 시내를 투어하는데 가이드는 또다시 소매치기의 위험성에 주의를 주었다.

뮌헨 시내에서 내가 본 독일인들의 첫인상은 다소 한심스럽다는 생각을 했다. 웬 뚱땡이들이 그리도 많은지 오히려 날씬한 사람 찾기가 더 어려울 것 같았다. 우리 일행 중에 겉가량으로 봐도 80kg쯤은 족히 되어 보이는 아가씨가 있었는데 뮌헨의 마리엔 거리에서는 뚱뚱이 측에도 못 들고 되레 나무젓가락 같아 보였다.

대낮부터 뚱땡이들은 노천카페에 앉아 한가하게 맥주를 마시고, 사람들로 북적대는 길거리에서 거리낌 없이 담배를 피우는 등 눈살이 찌푸려졌다.

길거리 곳곳에 담배꽁초가 수두룩했다. 더욱이 화장실은 죄다 유료여서 이용하려면 1유로(1,300원 가량)씩 내라니, 이런 야박한 인심이 어디 있는가!

뮌헨에서 바이에른 특산물인 밀맥주를 마셔보았다. 밀맥주는 약간 퀴퀴한 고린내 나는 것 같아 영 내키지 않았다. 남편은 500cc 한 잔을 쭉 들이켰지만, 맛은 좋은지 잘 모르겠다고 했다.

마리엔 광장은 가는 곳마다 온통 맥줏집이었고 그곳은 맥주 천국이었다. 그런데 우리나라와 독일은 맥주의 개념이 다르단다.

우리에겐 술이지만 그들에겐 맥주가 음료수라니, 대낮부터 맥줏집에 장사진을 치고 앉아 술에 찌들어 있는 한심한 모습이라 여겼던 나의 선입견은 거둬들여야 할 것 같다. 우리와 다른 그늘을 이해하려 들지 말고 비난도 하지 말고 다름을 인정만 하라는 가이드의 말이 와닿았다.

뮌헨 신청사와 고딕 양식의 푸라우엔 교회를 둘러보았다. 푸라우엔 교회 첨탑 꼭대기에서 보면 바이에른 풍경이 이루 말할 수 없이 좋다고 하지만 우리가 갔을 땐 꼭대기에 올라갈 수가 없었다. 여름 시즌에만 개방한다고 했다.

겉모습만 봐도 웅장하고 고풍스러운 멋이 풍겨 나왔다. 1488년에 지어졌고 역사와 문화, 예술이 번성했던 곳이라 아직도 미술품이나 문화재를 많이 소장하고 있는 도시란다. 마리엔 광장을 둘러본 뒤에 다시 버스에 올랐다.

오스트리아

소금의 성 잘츠부르크

오스트리아로 가는 버스에서 나는 영화 〈사운드 오브 뮤직〉을 떠올리며 설렜다. 그곳이 〈사운드 오브 뮤직〉 촬영지이기 때문이다.

예전에 중학교 시절 영화 〈사운드 오브 뮤직〉을 봤을 때 줄거리도 훌륭했지만, 스크린 가득히 펼쳐진 풍광에 반해 지상낙원이 있다면 바로 저곳 일거라고 생각했었다. 그건 나만이 아니라 영화를 본 사람이라면 더덜없이 같은 생각이었으리라.

마리아 수녀가 까칠한 대령과 그의 까칠한 일곱 아이들과 한 가족이 되어가는 유쾌 상쾌한 영화이지만 실제 내용은 나치 시대의 암울한 정치적 영화이기도 하다. 아, 그 〈사운도 오브 뮤직〉의 무대를 내 발로 가서 볼 수 있다니……

오스트리아 가는 길은 더뎠지만 내 마음은 이미 줄리 앤드류스를 만나고 있었다. 이미 팔순을 넘긴 여배우지만 〈사운드 오브 뮤직〉이 오늘날까지 불후의 고전 영화로 사랑받는 데는 줄리 앤드류스를 빼고는 이야기가 안 되는 영화이기 때문이다. 말 그대로 마리아 역의 줄리 앤드류스는 대체 불가 배우이며 이 영화의 수훈 갑이다.

물론 줄리 앤드류스가 비비안 리, 잉그리드 버그만, 그레이스 켈리처럼 빼어난 외모를 가진 배우는 아니지만, 그녀가 맡는 배역마다 자신의 진가를 십분 발휘하는 알짜 연기파 배우가 아니던가!

〈사운드 오브 뮤직〉을 본 후 나는 줄리 앤드류스에 반해 그녀의 영화를 여러 편 보았다. 나에게는 믿고 보는 여배우인 셈이다.

고등학교 때 학교에서 단체관람한 영화 〈열애〉는 오래 여운이 남는 영화인데 오마샤리프와 줄리 엔드류스 두 명배우 조합은 영화의 재미를 배가시켰고 첩보영화의 스릴을 한껏 선사해 줬다.

〈열애〉는 40년이 지났는데도 어제 본 영화처럼 내 가슴속에 생생히 남아있다. 줄리 앤드류스는 굳이 설명이 필요 없는 그런 배우인 것이다.

뮌헨에서 2시간을 달려 오스트리아 잘츠부르크에 도착했다. '소금의 성'이라는 뜻을 가진 잘츠부르크에는 예전에 소금 광산이 있었다고 한다.

34
——

미라벨 궁전 앞, 정원은 궁전 정원이어서 예전에는 아무나 들어갈 수 없었다는데 지금은 관광객에게 개방되어 있었다.

미라벨 정원은 〈사운드 오브 뮤직〉의 촬영지이기도 하며 많은 조각품들과 분수 연못을 비롯하여 아름다운 꽃들이 조화롭게 정원을 꾸미고 있었다. 모차르트의 콘서트를 비롯하여 낭만적이고 아름다운 결혼식이 열리는 장소이기도 하단다.

시간에 쫓겨 찬찬히 볼 수는 없었지만 사운드 오브 뮤직의 촬영지라 해서 그런가 보다 했지, 영화에서 봤던 그런 감흥은 느껴지지 않아 아쉬웠다. 너무 많은 세월이 흘러 기억이 소멸되어 버린 것일까? 어쩐지 내가 머릿속에 그렸던 그런 장소는 아닌 것 같아 한껏 들떴던 마음이 사라지고 서운하기까지 했다.

'게트라이드 가세'로 가는 길에 건장한 청년들이 골목골목을 꽉 메우고 있었다. 더러는 담배를 피우고, 더러는 캔맥주를 마시고 있었다. 그들 대부분이 이탈리아 청년들이라는데 인상도 험악하고 불량기가 닥지닥지 붙어 곁을 지나치기가 으스스했다. 그들은 무려 1,000km가 넘는 거리를 기차 타고 올라와 죽치고 앉아 축구 경기가 열리기를 기다리는 중이라고 했다. 클럽 대항전이 있는 날인데, 이탈리아인들의 축구사랑은 타의 추종을 불허한다더니 가히 빈말은 아닌가 보다.

먼길을 달려와, 자기 팀이 이기면 밤새 환호성을 지르면서 몰려다니고, 패하면 훌리건으로 돌변해서 왈패가 된다니 한심하기 짝이 없는 사람들이 아닌가. 시간이며, 교통비 등을 따져보면 아무리 축구에 죽고 축구에 사는 광적인 팬들이라 해도 남의 나라까지 떼거리로 몰려와, 분탕질 치는 건 도저히 이해가 되지 않는 사람들이다. 그렇게도 할 일이 없는가.

아! 이해하려 들지 말고 다름을 인정만 하라고 가이드가 말했었지! 나는 이곳 유럽 사람들이 이해도 인정도 다 안 되는데 어쩜담!

'게트라이드 가세'는 잘츠부르크의 유명한 쇼핑거리이기도 하며 모차르트 생가가 있는 곳이기도 했다. '게트라이드 가세'에 6층 건물인 모차르트 생가는 노란색 건물이라 눈에 잘 띄었다.

잘츠부르크는 모차르트를 팔아먹고 사는 도시라고 해도 할 말이 없겠다. 모차르트 생가 옆 가게 이름이 '모차르트 옆집' '모차르트 뒷집'으로 불렸다고 하니 엔간히도 우려먹는다는 느낌이 들었다. 게다가 모차르트 초콜릿까지 인기 상품이라고 했다.

게트라이드 가세 거리 상점은 참 특이했다. 가게 상호 대신 품목으로 간판을 만들어 놓았다. 즉 우산을 파는 가게에서 우산 모양의 간판이, 옷 모양, 꽃 모양, 신발 모양이 각각 간판에 붙어 있었는데 심플하면서도 재치가 있었다. 우리나라의 다닥다닥 뒤죽박죽 붙어있는 간판을 떠올려 보니 이곳의 세련된 간판을 벤치마킹할 필요가 있을 것 같았다.

36

집 나가면 개고생? Oh, no!

게트라이드 가세의 후미진 골목식당에서 느끼한 중국식으로 저녁을 먹었다. 고추장과 김치가 절실한 저녁이었다.

땅거미가 몰려올 때쯤에 잘츠부르크 시내를 벗어나 1시간 거리에 있는 숙소로 향했다. 가는 길에 초등학교를 봤는데 운동장이 없었다. 이곳은 운동장이 없는 게 다반사라고 했다. 또 오스트리아 사람들이 사는 아파트나 빌라에는 에어컨이 보이지 않았다. 가이드의 말에 따르면 오스트리아 사람들은 여름에 더워도 더운 대로 참으며 여름을 난다고 했다. 물론 우리나라보다 여름 기온이 더 낮아서이기도 하겠지만, 더워도, 추워도 잘 못 참는 우리나라와 비교하면 대단한 인내심을 가진 사람들이 아닐 수 없다.

오스트리아는 한마디로 '저녁이 있는 삶'을 실천하는 사람들이었다. 그들은 오후 5시만 되면 회사나 가게는 문을 닫고 퇴근한단다. 퇴근 후에는 곧장 집으로 달려가는 가정적인 오스트리아 남자들을 부인들은 좋아할까? 싫어할까? 나라면 좋다 쪽에 쌍수를 들겠다.

우리나라 직장인들은 퇴근 후 1차, 2차 옮겨 다니며 부어라! 마셔라! 하는 사람들이 얼마나 많은가. 하루라도 마시지 않으면 입에 가시가 돋기라도 하는 것처럼 말이다. 난 개인적으로 모범적인 오스트리아인들의 라이프 스타일이 엄청 부러웠다. 여행 둘째 날은 잘츠부르크 외곽 숙소에서 여장을 풀었다.

산 위에서 지상낙원을 보다

아침에 일어나 보니 숙소의 창 너머로 희끗희끗한 만년설 봉우리가 보였다. 밤이라서 몰랐는데 아침에 보니 눈 쌓인 산꼭대기가 신비로웠다. 코가 시원해지는 맑은 공기가 아침 인사를 하는 것처럼 전신을 감쌌다. 흔히 말하는 '상쾌하다'는 표현이 바로 이런 기분일 것이다. 발코니에 앉아 만년설을 쳐다보고 있으니 여기가 알프스산인가 싶어 감개무량했다.

호텔 식사는 빵과 우유 시리얼 과일 등 어제 아침 로텐부르크와 비슷했는데 내가 좋아하는 것들로만 있어서 자꾸만 과식하게 되었다. 아침마다 이렇게 포식을 하면 집에 돌아갈 때는 살이 쪄서 오리처럼 뒤뚱뒤뚱하며 갈지도 모르겠다.

오늘의 첫 관광지인 할슈타트로 이동했다. 가는 곳마다 드넓은 초원의 풍경이 끝없이 펼쳐졌다. 다붓다붓 집들이 뜸을 이루고 있는 우리나라 시골 모습과는 달리, 초원 위에 뜨문뜨문 퍼져있는 농가와 초원에서 풀을 뜯고 있는 소 떼가 퍽 목가적이었다. 예전에 우리나라 달력에는 꼭 이런 그림이 있었다.

'저 푸른 초원 위에 그림 같은 집을 짓고……' 남진의 노래 가사와 더덜없이 딱 어울리는 그런 시골 풍경이 바로 이곳이었다.

〈사운드 오브 뮤직〉에서처럼 줄리 앤드류스가 일곱 아이들을 데리고 풀밭에 앉아 도레미 송을 부르고 있을 것만 같았다. 어디를 굽어보나 그림이 아닌 곳이 없었다.

서울에 두고 온 연초록 잎들이 아쉬웠는데 이곳 유럽에서도 연초록을 원 없이 구경하니 이것 또한 나에겐 보너스 같은 즐거움이었다.

숙소에서 출발해 1시간 30분간 창밖 구경을 하며 지루할 틈도 없이 달려왔는데 정말 동화 같은 마을 '할슈타트'가 나타났다. 가이드가 세상에서 가장 아름다운 호숫가 마을이라고 했는데 그 수식어가 외려 부족할 지경이었다. 으뜸가는 단벌가는 일등가는 첫째가는 등등 한꺼번에 다 붙여주고픈 호수가 그곳에 있었다.

할슈타트는 1997년 유네스코 세계문화유산으로 지정되어 전 세계 많은 관광객을 불러들이는 곳이라고 한다.

집 나가면 개고생? Oh, no!

백문이 불여일견! 설산, 호수, 마을이 조화를 이루어 그림 같은 풍광을 눈으로, 가슴으로 다 담아 보지만 턱없이 부족하기만 했다. 마치 1메가로 1기가 용량을 다 담을 수 없어 안타까운 심정 말이다. 몇 날 며칠이고 이 마을 호숫가에 마냥 퍼더앉아 멍때리고 있어도 지루하지 않을 것 같았다.

기념품 파는 가게도 많았지만 나는 커피 한 잔을 주문했다. 예쁜 할슈타트 마을을 구석구석 살펴보고 있는데 배를 탈 시간이 가까웠다고 가이드가 재촉을 했다.

다음 행선지는 배를 타고 가는 곳이란다. 할슈타트 호수를 가로질러 40여 분간 배를 타고 내린 곳은 '짤쯔캄머굿'이었다. 그곳에는 모차르트 외가가 있는 곳이라 해서 슬며시 웃음이 나왔다. 모차르트를 지져 먹고 볶아 먹고 참 많이도 우려먹는다 싶었다.

점심을 먹으러 간 식당에서 귤을 두 개씩 나눠 줬는데 나는 여태 그렇게 당도가 높은 귤을 먹어본 적이 없다. 아예 설탕 덩어리라고 하는 게 옳을 것 같았다. 그 맛있는 귤이 크로아티아에서 온 것이라 했다.

점심을 먹고 케이블카를 타러 가는 길, 마을의 집집마다 정원에는 노란 개나리가 지천으로 피어있었다. 유럽에서 보는 개나리, 자목련, 조팝꽃은 친근하면서도 색달라 보였다. 우리나라에서는 봄꽃이 이미 한물갔는데 유럽에는 이제 한창 흐드러지게 봄꽃들의 향연이었다.

20여 분을 느릿느릿하게 운행되는 케이블카를 타고 산꼭대기에 오르니 지상에서 보던 경치와는 비교할 수 없는, 너무도 멋진 풍광이 기다리고 있었다. 하늘은 푸르다 못해 아주 코발트색이었다. 눈이 녹지 않고 그대로 남아있는 정상을 뽀드득뽀드득 발자국 소리를 내며 걸어보았다. 일행 모두는 감탄에 감탄을 연발하며 그 설렘을 주체하지 못했다.

설산에 펼쳐진 가득한 햇살과 차끈한 공기는 이루 말할 수 없이 상쾌했고 아주 눈이 부셨다. 지상낙원이 있다면 바로 이런 곳일까, 아니 천상의 모습을 미리 당겨서 본다고 해도 좋을 것이다. 짤쯔캄머굿 산꼭대기가 바로 지상낙원이고 천상이라 해도 전혀 과장됨이 없으리라.

산꼭대기에서 두 팔을 번쩍 들고 희열 하는 남편의 환한 얼굴을 보니, 언제 저런 표정을 지어 보였는지 기억도 잘 나지 않았다.

'1년 앞당겨 퇴직하기를 정말 잘했구나. 탁월한 선택이었어!' 남편의 얼굴을 보니 그런 생각이 들었다.

나는 짤쯔캄머굿 정상에서, 처음으로 남편의 퇴직을 진심으로 환영하는 마음을 가졌다. 그토록 행복해하는 모습을 보면서, 어찌 퇴직을 기꺼워하지 않으랴.

산꼭대기 매점에서 남편과 맥주 한 잔을 마셨다. 맥주 맛도 맛이려니와 풍광이 최고의 안주였다.

〈환영합니다. 따뜻한 레드와인 맛있어요〉라는 한글이 매점 앞 간판에 쓰여 있었다. 알프스산 꼭대기에서 한글을 보는 반가움은 말해 무엇하리!

시간이 이대로 멈춰버리면 얼마나 좋을까. 짤쯔캄머굿에서 보고 느낀 감동은 오스트리아를 가장 아름다운 나라로 내 기억에 새겨 둘 것이다. 말로는 다 설명할 수 없는 불가사의한 경치와 뼛속까지 시원한 공기, 꿀맛 같은 맥주, 남편의 행복한 얼굴, 어느 것 한 가지 만족스럽지 않은 게 없으니 행복이 바로 이런 게 아니고 뭘까. 완벽한 행복이다.

오스트리아 짤쯔캄머굿 정상에서 나는 행복이 추상 명사가 아님을 알았다. 보이기도 하고 느껴지기도 하고 만져지기도 하는 또렷한 물체 같다는 생각을, 난생처음 체험해 봤다.

쉔부른궁전의 여걸

짤쯔캄머굿의 여행을 마치고 오스트리아의 수도 비엔나로 향했다. 유럽에서는 빈이라고 하지만 영어식 표현으로는 비엔나(Vienna)이다. 저녁에 마차를 타고 비엔나 음악회에 가려고 했는데 일행 모두가 선택하지 않는 일이라서 무산되었다. 80유로(104,000원) 내고 선뜻 음악회 가겠다고 한 사람은 없었다. 비엔나 시내에 있는 아담한 숙소에서 여장을 푸는 거로 오늘의 일정을 마무리했다. 피곤하지만 오늘 낮의 감흥이 잠자리에까지 따라와 잠을 이룰 수가 없었다. 밤새 뒤척거렸는데도 아침이 전혀 피곤하지가 않았다.

나흘째 여행은 쉔부른궁전 관람으로 시작되었다.

46

쉔부른궁전을 관람하려면 먼저 오스트리아의 역사에 대해 얼마간의 지식이 필요하다. 합스부르크 왕가의 유일한 여성 통치자인 마리아 테레지아를 반드시 알 필요가 있다. 신성로마제국 때부터 황제 자리는 여성이 승계할 수 없었기에 마리아 테레지아는 남편을 명목상 황제로 즉위시킨 뒤 허수아비로 만들어 놓고 실질적인 통치자로 오스트리아 합스부르크 및 신성로마제국까지 정치적 영향력을 행사한 여걸 중의 여걸이다.

프랑스 루이 16세의 왕비 마리앙투아네트의 어머니이기도 하다. 막내딸인 마리앙투아네트 왕비는 프랑스혁명 때 단두대의 이슬로 사라졌는데 마리아 테레지아가 먼저 세상을 떠났기 망정이지 오래 살았더라면 딸의 비극을 속수무책 지켜보는 참척을 보았을 것이다.

평생 천하를 발아래 두고 호령했던 마리아 테레지아의 서슬 퍼런 위엄이 고스란히 서려 있는 쉔부른궁전 내부를 천천히 둘러봤다. 250여 년이 지났다지만 방마다 어쩌면 보존이 그렇게 잘되어 있는지 놀랍기만 했다. 17세기에 지어진 합스부르크 왕가의 여름 별궁인 쉔부른궁전은 오스트리아에서 가장 큰 궁전이란다. 중국으로 치면 '이화원'쯤 되겠지.

1996년 유네스코 세계문화유산으로 지정되었고 그 규모만 해도 50만 평에 이른단다. 우리나라 아산 현충사가 10만 평이라고 하는데 그 규모를 짐작할 수 있으리라. 궁전 뒤편 정원에는 트레이닝복 차림으로 운동을 하는 시민들도 꽤 많았다. 운동장도 아닌 궁전 뒤뜰에서 운동하는 시민들은 복 받은 시민들이 아닌가. 잘 가꿔진 정원에 나무들이 연초록 새순을 틔워 초록 세상을 만들었다.

48

집 나가면 개고생? Oh, no!

비엔나 거리에서 산 명품안경

쉔부른궁전을 둘러보고 나와 버스는 비엔나의 최중심지 '케른
트너 거리'로 우리를 데려다주었다. 우리나라로 치면 명동거리에
해당한다고 했다. 비엔나 시민은 물론, 세계 각국의 관광객들로
늘 북적이는 곳이라고 한다. '성슈테판 성당'의 첨탑은 이루 말할
수 없이 웅장하고도 거대했다. 그 규모에 압도당하는 느낌이었다.
내부에 들어가 볼 수는 없었지만 모차르트가 결혼식을 올린 곳이
기도 하단다.

유럽에는 마천루 같은 건물은 다 성당이고 교회인데 비해 일반
상점이나 주택은 5~6층 정도 될까 말까 한 건물이었다. 우리나
라처럼 인구밀도가 높지 않으니 굳이 고층 건물의 주택이 필요치

않으리라.

비엔나 한복판에서 40분간 자유시간이 주어졌다. 남편은 선글라스를 깨트려서 다시 하나 구입하겠다고 했다. 비엔나 면세점에서 스와로브스키 선글라스를 샀는데 우리는 몰랐지만 스와로브스키가 안경 명품 브랜드라고 했다. 23만 원가량 줬는데 역시 가격이 만만찮았다.

노천카페 앞을 거닐다가 '비엔나커피' 한 잔을 주문해 보았다. 비엔나커피는 어떤 맛일까? 궁금해 마셔보았지만 별로 특별한 건 없었다. 그냥 아무 데서나 마실 수 있는 평범한 커피맛이었다.

오가는 사람들을 가만히 지켜봤다. 에너지 넘치는 도시이고 값비싼 명품이 넘쳐나는 화려한 도시였다. 뮌헨 거리에서 봤던 것처럼 선진국 사람들의 여유와 낭만이 넘쳐 보였지만 비엔나 역시 뚱땡이 천국인 것 같았다.

세계 명품들만 즐비한 케른트너 거리에서 '삼성 갤럭시 핸드폰' 매장이 어연번듯하게 자리를 하고 있다는 게 자랑스러웠다. 세계인들이 삼성 갤럭시 폰을 많이 사 주었으면 좋으련만.

그런데 인도 한복판으로 여러 대의 마차가 다니고 마차를 끄는 말에서 역한 냄새가 풍겨서 코를 감싸쥐게 했다. 이건 분명 옥에 티였다. 이런 번화가에 마차가 왜 필요한지 모르겠다. 이런 곳에서도 마차를 타는 사람이 있나 보다. 수요가 있으니 공급이 있겠지. 우리나라 명동 한복판에 마차가 다닌다 생각해 보라, 오가는 행인들에게 얼마나 거치적거리겠는가.

내가 유럽에 오면 눈여겨보고 싶은 게 있었다. 바로 창문이다. 건물의 창문을 세세히 살펴보니 우리나라의 창문은 가로 폭이 넓은 데 비해 독일이나 오스트리아 건물은 가로 폭보다 세로 폭이 훨씬 길었다.

예전에 유럽에서는 나라마다 잦은 전쟁으로 재정이 악화되어 부자들에게 세금을 더 많이 거둘 방안을 모색하다 '창문세'라는 얼토당토않은 세금을 고안해 냈다 한다. 창문의 개수에 따라 세금을 부과하다 보니 창문 수를 확 줄여서 바람도 햇볕도 통하지 않는 음산한 집에서 불편하게 지내야 했다.

또 프랑스에서는 창문의 개수에 따르지 않고 부자일수록 크고 넓은 창을 가진 집에서 사는 거로 간주해 너비가 큰 창문에만 세금을 매겼다. 그래서 세금을 피하기 위해 가로 폭은 좁게 세로는 길게 창문을 만들었다. 내 눈으로 보아도 유럽의 건물이 대체로 세로가 긴 창문임을 알 수 있었다.

동서고금을 막론하고 죽음과 세금은 피할 수 없다는 말이 있는데, 세금 많이 내고 싶은 사람은 어디에도 없나 보다. 창문세보다 더 황당한 세금도 많다. 중세 시대엔 '난로세' '수염세' '모자세'도

거뒀다 한다. 조세저항이 없다면 되레 이상할 일이다.

어느 수필가분이 쓴 글에 이런 글이 있었다.

'유럽에는 창문이 모두 기다랗게 만들어져 있어 낭만적이고 고 풍스럽게 보였다. 창문 하나에도 그들만의 섬세함과 멋스러움이 묻어났다.'라고.

천만의 말씀이다. 길쭘한 유리창은 부적절한 근거로 세금 걷는 정부를 향한 비난과 조세저항의 표현으로 생겨난 산물인 것을!

점심은 일본 사람이 운영하는 식당에서 벤또를 먹었다. 벤또는 우리말로 표현하면 도시락이다.

우리가 초등학교 다닐 때만 해도 학교 갈 때 벤또 싸서 간다고 했지, 도시락 싸서 간다고 하지 않았다.

일제 강점기 때 쓰던 말을 부모님 세대들이 그대로 쓰고 있었 기에 우리 귀에도 익숙한 말이었다. 비엔나에서 먹은 벤또는 일 식도 한식도 아닌 어중된 음식이었다. 밥도 푸슬푸슬하고 이상한 냄새가 났다. 그래도 먹어야 구경을 다닐 수 있기에 벤또를 맛있 는 척 까먹을 수밖에……

집 나가면 개고생? Oh, no!

헝가리

두려움과 설렘으로

비엔나를 떠나 헝가리 부다페스트로 가는 길, 독일과 오스트리아와는 달리 묘한 기분이 들었다. 헝가리에 대한 호기심인지, 동정심인지 딱히 어떤 감정인지 모르지만, 머릿속이 복잡했다. 앞으로 남은 2개국 헝가리와 체코는 과거 공산주의 국가였었다.

1989년 동유럽 공산주의 붕괴가 어떤 시발점으로 어떻게 진행되었는지 공부를 해보니 나름 재미있었다. '그곳은 어떤 곳일까?' '헝가리 사람들은 어떤 모습으로 살아갈까?' 버스로 이동하는 3시간 30분 동안 쪽잠도 자지 않고 머릿속이 뒤죽박죽될 만큼 곧 다가올 헝가리를 그려보았다. 공산국가에 대한 두려움이기도 하고 다른 한편으로는 꼭 와보고 싶었던 곳을 찾아가는 설렘이기도 했다.

학창시절 국어 교과서에 실렸던 김춘수 시인의 〈부다페스트에서의 소녀의 죽음〉이라는 무겁고 침울한 시의 무대가 되었던 나라! 사회주의에서 자본주의 국가로 전환한 나라! 세계 1차 내전과 2차 대전 모두 패전한 나라! 우리보다 훨씬 더 가난한 나라! 나의 머릿속에 있는 헝가리는 이런 나라였다.

1989년 소련 공산당 서기장이었다가 소련의 첫 대통령이 된 고르바초프가 소련을 개혁과 개방으로 새로운 시대를 열겠다며, 사실상 공산주의를 포기했다. 동유럽 국가에도 더이상 개입하지 않을 거라고 선언했다. 그러자 동유럽의 공산 국가들이 민주화를 열망하며 사회주의의 케케묵은 틀을 깨부수느라, 그 움직임은 들불처럼 번져나갔다. 헝가리가 그 선두에 있었다. 1989년 11월, 그예 베를린 장벽이 무너지고 동독이 서독에 흡수통일 되었다.

1991년 소련(소비에트 연방)은 러시아로 바뀌면서 14개 공화국이 분리 독립되었다.

세계 제2차대전 이후 확립된 시대는 미국과 소련, 자본주의와 사회주의와의 대결이었지만 미·소 두 정상이 만나 냉전 시대를 종지부 찍겠다고 한 것이다.

소련의 붕괴로 동유럽 공산 국가들이 도미노로 무너졌고 루마니아를 제외한 대부분의 국가들은 자유시장 경제를 표방하며 평화적인 혁명을 주창했다. 하지만 나라마다 어찌 홍역이 없었겠는

가. 헝가리도 봉기를 치를 만큼 치른 뒤 공산주의를 타파했다.

그 뒤 30년이 다 되었는데 얼마나 달라지고 얼마나 발전되었을까?

헝가리 국경을 넘어 수도인 부다페스트로 가는 길에서 대형 전광판에 SMASUNG, LG전자, 한국타이어 등의 광고가 보였다. 우리나라 기업이 글로벌 기업이라는 게 놀랍고도 뿌듯했다.

아파트 층층이 LG전자 실외기가 눈에 들어왔다. 우리나라 LG 에어컨을 쓰고 있는 게 아닌가. 이 머나먼 땅에서도 우리 한국 제품을 쓰고 있구나.

우리나라 기업들의 위상은 곧 한국의 위상인 것이다. 맥도날드, 스타벅스, KFC, 이케아 등 우리나라에서도 익숙한 글로벌 기업 매장도 보였다. 어느새 두려움은 말끔히 사라지고 한껏 달뜬 마음으로 헝가리의 수도 부다페스트에 입성했다.

해 저무는 영웅광장에서

장시간 이동했더니 어느새 저녁 식사 시간이 되었다. 일단 저녁을 먹고 야경투어를 한다기에 식당으로 갔다. 현지 음식인 '굴라쉬 스프'가 나왔다. 모양새는 우리의 육개장과 비슷해 보였는데 맛은 많이 달랐다. 뒤이어 부스스한 밥과 닭고기가 나왔는데 내 입맛에는 맞지 않아서 가져간 고추장을 뿌려 먹으니 한결 개운했다. 같은 테이블에 앉은 일행들에게도 고추장을 조금씩 나눠줬더니 무척 고마워했다.

바로 그때였다. 식당 안으로 현악 3중주가 출몰했다. 바이올린, 비올라, 첼로를 들고 정장까지 차려입은 악사들이 들어오더니 우리 귀에도 익숙한 요한 슈트라우스 2세의 '아름답고 푸른 도나우

강'을 연주했다. 뒤이어 '백만 송이 장미'를 연주했다. 나는 그 노래가 심수봉이 부른 우리나라 가요인 줄로만 알았다. 그런데 알고 보니 라트비아의 가요라고 했다. 러시아에서 개사를 했고 일본과 한국에서도 번안곡이 되었다 한다. 이 긴긴 노래를 다 들으려면 인내심이 필요할 정도이다. 아마도 머리 좋은 사람만 가사를 다 욀 수 있지 않을까 싶다.

악사들의 공연 하이라이트는 우리나라 민요 〈아리랑〉이었다. 식사하는 우리 식탁 위에 얼굴을 디밀며 아리랑을 연주하는데 어찌 찬조금을 내지 않고 배길 수 있으랴. 남편이 지갑을 열어 10유로를 줬고 다른 테이블에서도 찬조금이 오갔다. 악사들은 탱큐를 연발하며 행복한 얼굴로 식당을 나갔다. 저들은 푼돈을 받고 악사 노릇을 하는 게 직업인가 보다.

저녁을 먹고 유람선 투어까지 잠시 짬이 나서 영웅광장에 들렀다. 공산주의 국가의 전형이랄 수 있는 동상이 무척 많았다. 드넓은 광장엔 아주 동상 치레를 해 놓았다. 헝가리 정착 1,000년을 기념하여 헝가리 역대 왕들과 영웅들의 동상이 쭉 늘어섰는데, 헝가리 사람들에게는 영웅인지 모르지만, 우리 관광객들에게는 고만고만한 청동 동상들일 뿐이었다. 내 눈엔 그놈이 그놈 동상 같아서 누가 어떤 이유로 영웅이 되었는지도 이방인으로서는 알 길이 없었다. 헝가리의 역사엔 1도 관심 없을지라도 우리나라 축구팬들에겐 헝가리 하면 가장 치욕적인 흑역사가 떠오를 것이다.

헝가리가 요즘은 피파 랭킹이 우리나라와 어금지금한 약체 수준에 머물러 있지만, 예전에 축구 좀 하던 시절에는 우리나라를 9:0으로(1954년 스위스 월드컵) 오달지게 수모를 안긴 나라이다. 더욱이 헝가리는 한 경기 최다 득점(1982년 스페인 월드컵, 엘살바도르를 10:1로 승리)기록까지 보유하고 있다. 9점의 점수 차는 이후 월드컵에서 깨지지 않은 기록으로 남았으며 앞으로도 쉽게 깨질 것 같지도 않다.

그때 우리 선수들이 그 정도로 형편없이 무너진 건 그만한 이유가 있었다. 전쟁 직후 세계 최빈국의 하나였던 우리나라 선수들이 월드컵팀을 꾸리긴 했지만 참가할 여비가 없었다. 우여곡절 끝에 미군 전용기를 얻어타고 48시간 만에 스위스에 도착했을 때 이미 개막식이 올랐다고 한다. 시차 적응도 안된 그 이튿날, 헝가리와 경기를 치렀으니 좋은 성적이 나올 리가 만무했다. 나온다면 그게 되레 이상한 일이 아니겠는가! 가난한 나라 선수들의 월드컵 원정기는 그야말로 한 편의 오디세이와도 같았다.

영웅광장에서 나는 축구 생각을 하느라 가이드의 설명을 많이 놓쳐버렸다. 마치 수업 시간에 딴짓하다 수업을 제대로 따라가지 못하는 학생처럼 말이다. 영웅광장에서 헝가리의 역사를 다 알기에는 무리가 있겠지만 그들이 목숨 걸고 지켜온 국가 자부심만큼 은 존중해 주고 싶었다.

영웅광장에서 5분여 떨어진 공원에, 아주 반가운 흉상(胸像)이 있었는데 애국가의 작곡가 안익태 선생의 흉상이 제막되어 있었 다. 이곳에 안익태 선생의 흔적이 있다니…….

안익태 선생 흉상이 원래는 부다페스트가 아닌 다른 지방에 떨 어져 있어서 잘 찾지도 않았는데 부다페스트 영웅광장 근처의 공 원으로 옮겨왔단다. 오세훈 서울시장 재직 시절에 서울과 부다페 스트 간 교류 도시로 협약을 맺었는데, 그때 오세훈 시장의 건의 로 이곳 부다페스트로 옮겨왔다니 참 잘한 것 같다. 한국 사람들 이 한 명이라도 더 찾아야 의미가 있을 테니까 말이다.

안익태 선생이 1937년 무렵, 실제 부다페스트에 거주하며 부다 페스트 교향악단을 지휘하는 등 왕성한 음악 활동을 하였으니 부 다페스트에서 안익태 선생을 기리는 게 당연하지 않을까. 우리에 겐 '애국가'의 작곡가로만 알려져 있지만, 안익태 선생이 그 시절 에 음악으로 유럽 무대에서 국위 선양한 것을 기억하는 데 좋은 시간이었다. 어둠살이 몰려올 무렵 버스를 타고 다뉴브강가로 나 갔다.

집 나가면 개고생? Oh, no!

집 나가면 개고생? Oh, no!

부다페스트는 밤이 좋아!

부다페스트 관광 하이라이트는 뭐니 뭐니 해도 다뉴브강에서 유람선을 타고 야경을 감상하는 것이리라. 다뉴브강가에서 기다리고 있던 유람선을 타고 보니 천지에 파르스름한 어둠이 내려앉았다. 잠시 후 일제히 조명이 들어오자 불빛이 참으로 예뻤다. 별천지 같은 야경 투어가 시작되었다. 이 아름다운 광경을 놓칠세라 일행들은 모두 카메라 삼매경에 빠져 있었다. 카메라에 정신이 팔려 정작 소중한 것은 간과하고 있지 않은가! 나는 사진은 남편에게 맡기고 뱃머리에 앉아 느긋하게 야경을 가슴으로 즐겼다.

유럽의 3대 야경이 파리, 부다페스트, 프라하라고 하는데 어느 곳이 최고인지 모르지만 나는 오늘 부다페스트 야경을 최대한 즐

63

기리라.

나는 이 순간을 결코 잊지 못할 것이다. 이역만리 떠나와 이토록 행복한 시간을 가지게 될 줄이야….

헝가리 국회의사당은 야경의 꽃이며 황홀 그 자체였다. 남편의 유다른 사진술이 다뉴브강 야경을 더욱 황홀하게 만들었다. 30여 분간의 야경 투어를 마치니 몹시 아쉬웠다.

시가지에서 20여 분 떨어진 곳에 위치한 숙소에 도착했다. 숙소에서 또 한번 놀랄 일이 기다리고 있었다. 호텔 방의 TV가 삼성 TV였다. 뿌듯한 마음에 TV를 켜보니 선명한 화질이었지만 출연자들의 말을 알아듣지 못하니 봉사 단청 구경이나 진배없었다. 그래도 기분은 최고였다.

숙소 뒤뜰에서 개구리 소리가 들렸다. 이 얼마 만에 듣는 정겨운 소리인가! 사람 사는 곳은 다 한가지라는 생각에 창문을 열다가 탄성을 질렀다.

이럴 수가! 이럴 수가! 하늘엔 북두칠성(국자 모양)이 밝게 빛나고 싸라기별까지 소곤소곤 밤하늘엔 온통 별들의 잔치였다. 서울 하늘에서 아무리 찾아도 볼 수 없었던 북두칠성을 이곳 부다페스트 밤하늘에서 보게 될 줄이야!

부다페스트의 밤은 깊어갔지만 나는 행복에 취해 혼자 이슥도록 창가에 서 있었다. 잠들기도 아까운 부다페스트여!

집 나가면 개고생? Oh, no!

동유럽

부다페스트의 밤은 화장발?

여행 5일째 부다페스트에서 아침을 맞았다. 호텔식 아침을 먹고 '겔레르트 언덕'으로 향했다. 페스트 지역에서 강을 건너 부다 지역으로 가는 길, 어젯밤 야경의 꽃 '국회의사당'을 보았다.

아! 신데렐라가 마법이 풀려 재투성이 아가씨가 되어버린 이야기처럼 국회의사당을 보니 실망스러웠다. 곱게 화장한 여인의 모습이 밤의 풍경이라면 자고 일어나 부스스한 머리에 민낯 그대로 드러난 여인의 모습이 낮의 풍경이었다. 국회의사당은 덩치만 컸지, 낮에는 그다지 봐줄 만한 데가 없었다. 어젯밤 황홀했던 모습은 온데간데없고 사기당한 기분마저 들었다. 그러거나 말거나 '밤이 되면 또 멋지게 화장하고 요부처럼 사람들을 호리겠지'

집 나가면 개고생? Oh, no!

사실 헝가리 국회의사당은 영국 다음으로 세계에서 두 번째로 큰 규모라고 했다. 국회의사당으로 치면 우리나라 국회의사당도 어디에 내놔도 빠지지 않는다. 그곳 주인인 선량(選良)들이 항상 문제지만. 실제 그들을 선량이라고 부르고 싶은 마음 나는 손톱만큼도 없다.

겔레르트 언덕은 서울로 치면 남산쯤 되는데 부다페스트 시내를 한눈에 조망할 수 있는 곳이었다. 겔레르트는 이탈리아 선교사의 이름이며 이 언덕에서 순교하여 붙여진 이름이라 했다. 겔레르트 언덕에서 내려다본 부다페스트의 모습은 지극히 평온했다. 다뉴브강 위에 우뚝 선 세체니 다리가 보이고 연초록 잎사귀와 붉은 지붕이 끝없이 펼쳐진 시가지가 조화롭고 아름다웠다.

언덕을 내려오는 길에 1유로짜리 국회의사당 야경 스티커 하나를 샀다. 자석이 붙어 있어 집에 가서 냉장고에 붙여놓을 요량이었다.

헝가리에서 가장 오래된 성당으로 13세기에 지어진 고딕 양식의 '마차시 성당'으로 가는 계단에서 헝가리인인지 한 여자가 옷을 팔고 있었다. 우리 일행을 향해 니트를 펼쳐 보이며 "예쁘다"는 말을 연신 했다. 예쁜 옷이니까 사달라는 말인데 전혀 예쁘지도 않고 한국인들에게 팔아먹을 만한 옷은 아니었다. 남루한 차림새로 애원하는 눈빛이 좀 안쓰럽기는 했지만 필요치 않은 옷을 살 수는 없기에 지나쳐왔다.

'마차시 성당'의 원래 이름은 성모 마리아 성당이었으나 증개축을 지시한 마차시 1세 왕의 이름을 따서 '마차시 성당'으로 불리게 되었다 한다. 14세기에 오스만 제국의 침공으로 이 성당은 모스크로 리모델링 되는 아픔을 겪기도 했다. 훗날 다시 고딕 양식의 성당으로 복구했고 2차 세계대전 때도 큰 피해를 입었으나 헝가리인들의 자부심으로 오늘날의 모습으로 복구했다. 마차시 성당은 부다 지역의 대표적인 관광 명소가 될 만큼 건물이 화려한데 특히 모자이크한 붉은 지붕이 압권이었다.

'어부의 요새'도 비록 외관만 구경했지만 볼만했다. 부다페스트 시내를 조망할 수 있는 전망대 역할을 해주었다.

'부다 왕궁'으로 오니 근위병이 서 있었다. 미동도 하지 않고 꼿꼿하게 서 있는 근위병을 오히려 동물원 원숭이라도 된 양 모두 신기하게 쳐다보았다. 그러거나 말거나 그들은 꼭두사람이 되어 맡은 임무에만 충실할 뿐 그 어디에도 눈길 한번 주지 않았다. 저런 모습이 프로페셔널이 아닐까.

사원 내에 여러 상점이 있었는데 이곳에도 스타벅스 매장이 있다는 게 신기했다. 참새가 방앗간을 어찌 지나치랴. 남편에게 커피 사달라고 졸랐다. 오전 내내 한 바퀴 돌았더니 피곤이 와르르 몰려와 커피가 당기는 시간이었다. 내가 제일 좋아하는 라떼 한 잔을 시켰다.

아! 커피 맛이 어떨까? 묻는다면 난 이렇게 대답하겠지.

노처녀더러 시집가라는 말이라고! 물어보나 마나 좋다는 뜻이다.

잊을 수 없는 부다페스트여 안녕!

부다 지역에서 세체니 다리를 건너 다시 페스트 지역으로 건너왔다. 우리나라로 치면 강북과 강남의 차이다. 페스트 중심가에는 샤넬, 구찌, 버버리, 프라다, 루이비통, 페라가모 등 명품매장이 다 있었다.

"저 비싼 물건들을 누가 살까요?"

"이 나라에는 부자가 없겠나? 돈쟁이들이 사겠지."

남편의 말이 맞는다. 어느 나라인들 부자는 있을 것이고 명품을 살 사람은 다 있게 마련이다. 하긴 나도 부자가 아니면서 비싼 가방 하나를 가지고 있다. 남편이 퇴직하고 얼마 뒤에 명품가방 매장으로 나를 데리고 갔다. 사라고 사라고! 안 산다고 안 산다고!

승강이하다 결국은 사고 말았다. 집순이가 값비싼 가방 들고 딱히 다닐 곳도 없으니, 내가 가방의 주인이 아니라 가방이 내 주인이 되어 잘 모셔두고 있는 실정이다. 웃기는 얘기지만 내 인생에서 최고의 낭비가 바로 루이비통 가방이 아닌가 싶다.

부다페스트 중심가에서 쇼핑할 시간이 주어졌는데 남편과 나는 아예 쇼핑 시간만 되면 뒤로 빠지곤 했다. 광장 의자에 앉아있으니 노숙자가 구걸하러 다녔다. 나는 늘 그랬다. 구걸하는 사람들이 손 내밀 때 도와주지 않으면 내가 나쁜 사람인 양 미안해진다. 본척만척하기가 참 힘든 순간이지만 그렇다고 매번 도와줄 수는 없으니 말이다. 더군다나 절대 도와주지 말라고 가이드에게 단단히 교육을 받은 상태이기도 했다.

쇼핑하러 갔던 우리 일행 중에 한 사람이 소매치기를 만나 낭패를 당할 뻔했는데, 직전에 낌새채서 쫓았다며 가슴을 쓸어내렸다. 그렇게 소매치기 조심하라는 가이드의 말이 비로소 실감이 났다. 그런데 이상한 일은 소매치기를 잡았다 해서 절대 시비를 가리지 말라는 것이다. 말이 통하지도 않겠지만 경찰이 온다고 해도 뒷짐만 지고 있을 뿐 소매치기들을 꾸짖지도 않는다고 했다. 관광객 상대로 소매치기를 해도 이곳 유럽 경찰들은 방관만 하고 있다니 스스로 조심하는 수밖에 없을 것 같다.

소매치기가 하나의 직업으로 자리 잡고 있으며, 그들은 프로 직업인이라고 했다. 눈뜨고 코 베어 가는 게 바로 유럽이 아닌가 싶다.

점심을 먹으러 갔는데 처음으로 한식이 나왔다. 잔뜩 기대했는데 그저 흉내만 낸 비빔밥이었다. 기내식 비빔밥보다 더 못한 맛이라면 알조가 아닌가.

점심을 먹고 헝가리를 떠나야 할 시간이 되었다. 부다페스트를 뒤로하고 오려니 마치 사랑하는 사람을 두고 가는 기분이랄까. 처음이자 마지막이 될, 다시 올 수 없는 곳인데 독일과 오스트리아를 떠나올 때보다 몇 배는 더 아쉬웠다.

내가 헝가리에서 보고 듣고 배우고 가는 것을 하나하나 짚어보았다. 노벨상을 15명이나 배출한 나라, 큐브, 자동차 오토매틱, 볼펜을 최초로 발명한 나라. 유럽에서 유일하게 성을 이름 앞에 쓰는 나라, 야경이 끝내주게 아름다운 나라, 그리고 안익태 선생의 흉상이 있는 나라! 바로 헝가리이다.

'잊지 못할 부다페스트여 안녕!' 혼자 가만가만 속삭였다. 안드레아 보첼리의 'Time To Say Goodbye' 선율이 가슴속에 잔잔히 흘렀다. 왈칵 눈물이 솟았다.

체코

프라하 가는 길

헝가리를 떠나 체코로 가는 버스에서 다들 쪽잠을 자느라 차창 밖의 풍경을 놓치고 있었다. 나는 눈을 말똥거리며 또 다른 여행지에 대한 설렘으로 차창 밖을 보았다. 드넓은 밭에다 무슨 농작물을 심어놨는지, 아니면 그냥 목초지인지 모를 푸른 들판이 끝없이 펼쳐져 있었다. 목초지라면 소 떼나 양 떼가 보여야 하는데 그것도 보이지 않았다. 우리나라처럼 산악지대가 70% 가까이 되는 나라가 아니라서 땅이 흔해서 놀리고 있는지 몰라도 내가 보기엔 땅을 효율적으로 활용하지 않고 있는 듯 보였다.

헝가리에서 체코를 가려면 부득이 한 나라를 거쳐야 하는데 바로 슬로바키아다. 체코와 슬로바키아는 오랫동안 한 나라였다.

집 나가면 개고생? Oh, no!

1970년대 우리가 배운 교과서엔 체코슬로바키아 공산국가였다.

세계 제2차 대전 후 공산당이 승리하면서 체코인과 슬로바키아 인을 인위적으로 한데 묶어 공산국가인 체코슬로바키아가 되었다. 그러다 1989년 동유럽 사회주의 붕괴 후, 1993년 두 나라는 평화적으로 분리 독립하면서 각각 체코공화국, 슬로바키아공화국이 된 것이다.

헝가리에서 슬로바키아 국경을 지났지만 직접 슬로바키아 땅을 밟아보지 못하는 게 아쉬웠다.

슬로바키아에는 우리나라 굴지의 기업들 기아자동차와 삼성전자, 현대모비스 공장이 들어와 있다니 그들에겐 한국이 전혀 낯설지 않을 텐데. 슬로바키아 근로자들에게 일자리를 만들어 주니 그들에게 한국은 정말 고마운 나라가 아니겠는가. 물론 우리나라도 싼 임금으로 제품을 만들어 내니 누이 좋고 매부 좋은 일이긴 하지만 말이다.

슬로바키아 역시 산이 없는 넓디넓은 평원이었는데 간간이 유채밭이 보일 뿐 무엇을 심어 먹고 사는지 궁금했다. 우리나라 같으면 손바닥만 한 땅뙈기도 그냥 놀리는 법 없이 비닐하우스를 지어, 심고 또 심고 하는데 유럽의 나라들은 끝 간 데 없는 너른 땅을 그냥 놀리는 것처럼 보였다.

'저기다 과일나무를 심는다면! 비닐하우스를 지어 채소를 재배한다면! 얼마나 소득이 높아질까. 안 심고 안 가꿔도 먹고사는 걱정이 없나 보다. 아주 배가 부른 모양이다.' 참 내 오지랖도 끝이 없다.

슬로바키아 땅을 한번 밟게만 해준다던 가이드 말은 공수표가 되고 말았다. 중간에 슬로바키아 고속도로 휴게소에서 용변도 보고 잠시 쉬었다 가기로 하고서는 그냥 지나쳐 버렸다. 모두들 잠에 곯아떨어져서 그런 것일까.

버스는 이미 체코 국경으로 들어섰다. 체코에 들어서니 고속도로 길가에 1km 간격으로 대형 광고판에 체코 국기가 붙어 있었다. 대부분 나라들이 기업체의 제품광고가 붙어 있는 것과는 달리 체코는 국기를 게시해 '여기가 체코다'를 끝없이 상기시키는 듯했다. 차창 밖으로 스쳐가는 체코 국기를 카메라로 찍어보았다. 광고판에다 왜 그토록 국기를 많이 설치해 놓았는지 모를 일이다. 아마도 나는 태극기 다음으로 잘 맞힐 수 있는 국기가 체코 국기가 아닌가 싶다. 체코를 방문하는 사람들에게 체코 국기가 어떻게 생겼는지 눈 감고도 알아맞히게 하려는 전략이었다면 그건 주효했다. 나만 하더라도 그 전략에 먹혀들어 갔으니까 말이다.

체코의 수도인 프라하까지 들어가기엔 시간이 늦어 체코의 남동쪽에 위치한 브르노시(市)에서 여장을 풀었다.

호텔에서 제공하는 저녁을 먹고, 인근에 대형 슈퍼마켓이 있다 해서 쇼핑을 나섰다. 쇼핑이라기보다는 남의 나라 슈퍼마켓에서는 어떤 물건을 파는지, 물가는 비싼지 싼지 궁금했기 때문이다. 우리나라로 치면 e마트, 아니 농협 하나로마트쯤 될까. 농산물, 공산품, 가공식품 등 온갖 물건이 즐비했다. 가격 비교를 해보는 재미가 쏠쏠했다. 코카콜라를 유로화 기준으로 1.8L에 1,600원 정도였다. 우리나라는 1.5L에 2,400원 정도이니 체코의 물가가 훨씬 싼 게 아닌가.

장 보러 나온 한 여성이 물건값을 꼼꼼히 살피더니 제자리에 놓았다가 들었다가 하는 모습이 꼭 나를 보는 듯했다. 이런 소소한 것만 보더라도 사람 사는 세상은 다 비슷비슷할 것이고, 한 푼이라도 아끼려는 주부의 마음은 동서양이 따로 없어 보였다.

구경만 하고 빈손으로 나오기가 미안해서 방울토마토를 샀다. 300g짜리 3팩에 우리 돈으로 3,300원 정도이니 이 또한 거저다 싶었다. 한 팩은 함께 간 일행에게 주고 두 팩은 우리가 먹었는데 꽤 달았다.

말이 통하지 않아도 물건 사는 데는 아무런 지장이 없다는 것도 여행에서 고마움이라면 고마움이다.

슈퍼마켓 다녀오는 길에 비가 쏟아졌다. 하늘이 저녁 굶은 시어미 꼴로 잔뜩 웅크리고 있더니 그예 쏟아내고 마는 게 아닌가.

이런, 이런! 내일 프라하에 종일 비가 온단다. 헐!

집 나가면 개고생? Oh, no!

프라하는 비에 젖어

여행 6일 차 프라하로 가는 길, 차창엔 빗방울이 듣고 있었다.

아! 여행에 최고의 부조는 날씨인데, 그동안 너무나 좋은 날씨 덕에 여행이 얼마나 알찼는데…….

웃비라도 걷히면 좋으련만, 빗방울이 되레 굵어지고 있었다. 프라하에 도착하니 본격적으로 비가 내렸다. 우산을 받쳐 들고 수신기에서 들리는 가이드 목소리를 따라다니려니 무척 번거로웠다.

첫 방문지는 바츨라프 광장이었다. 우리나라로 치면 광화문 광장에 해당하리라. 바츨라프 광장은 체코의 중요한 역사적 사건을 죄다 지켜본 무대라고 했다. 1968년 '프라하의 봄'이라 일컫는 민주자유화 운동이 일어났고 1989년 공산정권을 몰아내고 벨벳혁

명을 완성한 무대도 이곳 바츨라프 광장이라고 한다. 저항의 현장, 피의 현장을 다 겪어낸 곳이니 체코의 영욕을 고스란히 지켜본 곳이리라.

사실 우리나라 사람들에게 동유럽 도시들 중에 체코 프라하가 가장 잘 알려진 도시가 아닌가 싶다.

2005년 '프라하의 연인'이란 SBS 드라마가 큰 인기를 끈 적이 있다. 이곳에서 촬영되고 난 뒤부터 너도나도 프라하에 대해 환상을 가지기 시작했다.

프라하 시내는 인도이건 차도이건 모두 돌바닥이었다. 어디서 이렇게 많은 돌을 가져다 길을 만들었을까? 나는 줄곧 그 생각만 했다. 비가 오지 않았다면 프라하 시내를 구경하는 재미가 훨씬 더 좋았을 텐데, 훼방꾼이 되어 버린 비가 밉살스러웠다.

프라하 시가지에는 어디를 걸어봐도 다 예쁜 도시였다. 건물 하나하나가 웅장하면서도 아기자기했다. 부다페스트가 수더분한 아낙네 이미지라면 프라하는 세련미 넘치고 역동적인 젊은 아가씨 모습이었다.

이런 세련된 도시가 10세기~11세기에 이미 만들어졌다니 놀라울 따름이다. 우리나라 10세기에는 후삼국 시대이고, 조그만 나라끼리 물고 물리는 전쟁 끝에 고려가 삼국의 주인이 되는 시기였다. 하긴 체코의 역사인들 전쟁의 역사가 아니겠는가. 늘 다른

집 나가면 개고생? Oh, no!

나라의 속령이 되었다가 본인들의 의지와 상관없이 영토가 이리 저리 할양되는 수모를 겪어오다 지금은 3분의 1만 남아있는 상태 라고 한다.

그런 아픔으로 점철된 체코지만, 세계 2차 대전 때도 프라하는 끄떡없이 견뎌낸 위대한 도시란다. 믿거나 말거나지만 히틀러가 특별히 아끼고 애정을 가져서 프라하는 그 정도로 무사할 수 있 었다고!

오늘날 전 세계인이 프라하의 매력에 빠져 사시사철 관광을 오 고 있다. 비 오는 거리임에도 아랑곳없이 관광객들로 북적였다. 비가 와서 프라하의 매력이 반감되었지만, 중세와 현대가 가장 잘 조화된 도시, 프라하는 매력 덩어리임에 틀림이 없었다.

여행을 하면서 절대로 기념품 따위는 사지 말자고 남편과 단단 히 약속했다. 우리나라 물건이 세계 어디 내놓아도 손색이 없는 데 외국 나와서 우리나라 물건보다 못한 것을 사느라 비싼 외화 낭비하고 싶지 않았기 때문이다. 해외여행 하는 건 외화낭비가 아니냐고 묻는다면 할 말이 없지만!

그런데 프라하에서 면세점 쇼핑을 하면서 결국 내 지갑이 열리 고 말았다. '우리 며느리가 하면 참 예쁘겠다!' 생각하며 며느리 의 선물로 크리스털 목걸이 하나를 샀다. 30유로에 사는 거라 비 싸다는 생각이 들지 않았다. 유리공예 기술이 세계 독보적이라는 체코의 크리스털 제품은 쳐다보기도
아까울 만큼 정교하고도 화려했다.

유리컵 6개들이 한 세트에 450만
원가량 했고 화채 그릇 하나도 백만
원이 넘었다. 유리그릇이 무에 그리
비싸냐고 하겠지만, 물건을 실제 보
면 비싼 이유를 알 수 있다. 돈이 없
어 그렇지, 돈만 있으면 그 정도의 돈을 기꺼이 지불할 의사가 생
기게 만들어 놨으니까. 체코의 크리스털 기술은 기술이 아니라
예술이었다.

비 오는 거리를 지나 두 번째 방문지는 프라하성이었다. 성안에
'성 바투스 성당'이 있는데 성당 내부 관람을 해보니 그 규모에 놀
라지 않을 수 없었다. 성당을 천 년 동안 지었다니 그 규모가 어떨
지 짐작이 갈 수도 있겠다. 스테인드글라스 기법의 창문은 아름
답기 그지없었다.

프라하성에서 내려다본 시가지는 정말 환상적이었다. 앵두 빛
붉은 지붕이 끝없이 펼쳐져 있었다. 나는 동유럽에 와서 궁금증
이 생긴 게 바로 붉은 지붕이다. 왜 죄다 붉은 지붕일까? 궁금하
던 차에 가이드가 말해 주었다. 별로 자신이 없었는지 세 가지 설
(說)을 내세웠다.

그 첫째가 1차 2차 세계대전 당시에, 폭격기의 피해를 줄이기 위해 민간인들이 거주하는 지역임을 알리고자 하늘에서도 눈에 잘 띌 수 있게 빨간색으로 지붕을 칠했다는 설과 두 번째는 그 지역의 흙으로 기와를 굽다 보니 빨간색의 기와가 나왔다는 설과 세 번째는 유럽의 많은 나라들이 지방자치단체나 의회에서 시 전체가 아름답고 조화롭게 보이기 위해 건물을 지을 때 붉은색을 사용하라는 조례를 만들었다는 것이다.

세 가지 설이 다 그럴싸하지만, 어찌 되었든 붉은 지붕은 동유럽의 트레이드마크인 건 사실이고 시쳇말로 사진발 또한 죽여주니 어쩌랴. 빨간 기와지붕은 어떤 풍경과도 잘 조화되는 탁월한 안목이라 생각되었다.

오후가 되자 다행히 웃비가 걷어주어 우산 없이도 도보 여행이 가능했다.

프라하성 뒤쪽 계단을 내려와 볼타바강 위에 우뚝 선 카를교에 당도했다. 카를교 앞에 서면 누구나가 스토리텔러가 될 만큼 전해오는 이야기가 무궁무진했다.

성 요한 네포무크 신부가, 바츨라프 4세 왕비가 저지른 불륜 고해성사를 들은 후 끝까지 발설하지 않았다가 바츨라프 4세 왕의 노여움을 샀다. 아무리 족친다 한들 신부가 고해성사를 어찌 발설할 수 있으랴.

바츨라프 4세 왕은 노여움을 견디지 못해 네포무크 신부의 혀를 뽑아버리고 볼타바강으로 던져버렸다. 네포무크 신부가 물속으로 던져지는 순교장면이 묘사된 부조를 만지면 소원이 이루어진다는 이야기를 어느 TV프로에서 본 적이 있다.

나도 카를교에 가면 꼭 네포무크의 부조를 만져보리라 생각했는데 아뿔싸! 지구 반 바퀴를 돌아 내가 이곳에 왔건만 팔이 짧은 나에게는 그곳이 손에 닿지 않았다.

그 말로만 듣던 성인(聖人) 네포무크 신부를 만지려고 아무리 손을 뻗어 용을 써봐도 불가항력이었다. 그 모습이 안타까웠는지 우리 일행 중 뚱뚱한 아가씨가 나를 끄덕 들어 그곳에 손이 닿게 해주었다. 가톨릭 신자도 아니면서, 네포무크 신부에게 손이 닿는 찰나에 화살기도를 드렸다. 신자도 아니면서 소원을 들어달라면 들어줄지는 모르겠지만 카를교를 밟으면서 소원을 빌지 않는 것도 카를교에 대한 예의가 아닌 것 같았다.

어쨌건 고마운 뚱보 아가씨 덕분에 네포무크 신부의 부조를 만졌으니 목적을 달성한 뿌듯함은 있었다. 무슨 소원을 빌었는지는 나 혼자만의 비밀로 남겨두면서……

알짜배기로만 채워진 프라하

카를교에서 캄파섬으로 내려오니 '존 레논의 벽'이 있었다. 1980년 암살된 비틀스 멤버 존 레논은 영국 출신인데 왜 체코에 존 레논 벽이 있는지 궁금하다 못해 의아했다. 가이드의 설명을 들어보니 존 레논을 추모하며 자유를 열망하던 체코 젊은이들이 반공산주의와 사회 비판에 대한 메시지를 벽에 적어 놓은 것이 존 레논 벽의 시작이 되었단다. 80년 당시 이 건물이 몰타 공화국의 대사관 담벼락이었는데 몰타 공화국 측은 표현의 자유를 존중하며 낙서를 지우지 않았고, 체코 당국 역시 치외법권에 해당한 이 벽을 '평화의 상징'으로 남겨둔 게 오늘날 관광명소의 하나인 '존 레논의 벽'이 된 것이다. 온갖 현란한 그림과 낙서가 빼곡했지

집 나가면 개고생? Oh, no!

만 그런 깊은 뜻이 있었다니 비틀즈를 좋아하는 나로서는 그 벽이 아주 특별해 보였다.

　대사관 골목을 빠져나와 트램을 타고 저녁을 먹으러 갔다. 트램은 약 100년 전부터 생겨난 것인데, 버스도 아니고 전철도 아니고 둘을 결합시킨 유럽의 대중교통이었다. 노상의 전차라고 생각하면 된다. 시가지 구석구석을 다니며 프라하 시민들의 발 역할을 톡톡히 하고 있었다. 우리 일행은 22번 트램을 탔다. 다섯 정거장만 가면 식당이 있다고 했는데 나는 스무 정거장쯤 타고 가고 싶었다. 프라하 시내의 예쁘고 고풍스러운 건물을 구경하느라 정신을 빼고 있었는데 내려야 한다니 너무 아쉬웠다.

　저녁이 한식이라고 해서 잔뜩 기대했는데 웬걸! 된장찌개는 흉내만 내다 말았다. 일행 중 누군가가 "발로 끓여도 이것보다는 더 맛있겠네!"라는 말을 기어이 하고 말았다. 너무 맛없는 된장찌개라서 두고두고 기억이 날 것 같다.

　저녁을 먹고 본격적인 야경투어를 하러 다시 카를교를 향했다. 가는 길에 '드보르작' 동상이 있었다. 우리나라에서도 잘 알려진 음악가 드보르작이 체코 출신이라는 걸 이곳에 와서 알게 되었다. '유모레스크' '신세계 교향곡' 우리 귀에 익숙한 음악을 작곡한 사람이 아닌가!

드보르작 이름만 들으면 나는 쥐구멍이라도 찾아야 할 지경으로 귀밑이 빨개지는 창피한 추억을 가지고 있다.

중학교 때 음악시험에 '신세계 교향곡'을 작곡한 사람이 누구인지를 묻는 문제가 있었다. 답안지에 나는 호기롭게 '드보르'라고 써냈다. 드보르작을 드보르作으로 이해했기 때문이다. 작대기가 좍 그어진 시험지를 들고 음악 선생님께 따지러 갔던 일이 바로 그것인데 어찌나 창피하던지, 얼굴에 모닥불을 뒤집어쓴 듯했다. 그 드보르작의 동상 아래서 나는 사진 한 장을 남겼다. '그때 이름을 한 글자 빼먹은 거 미안하다'고 공손히 사과하면서 말이다.

야경 조명이 들어오려면 20분가량의 시간이 남았다 하여 화장실을 찾았다. 이곳은 화장실이 거의 유료라서 무료로 쓸 수 있는 곳에 가면 최대한 짜낼 수 있을 때까지 비워내라고 가이드가 첫날부터 줄곧 강조했던 사항이다.

주위를 둘러보니 몇 군데 유료 화장실만 보였다. 할 수 없이 1유로를 들고 화장실을 찾아들었다. 입구 카운터에 흑인 여자가 앉아있었다. 아주 새까만 피부색이었다.

1유로를 줬더니 뭐라 뭐라 하였다. 돈이 모자라서 그러나 싶었는데 50센트를 거슬러주었다. 까만 손으로 내 손에 50센트를 쥐어줄 때 나는 흠칫 놀랐다. 내가 난생처음 흑인을 봤을 때가 기억

집 나가면 개고생? Oh, no!

났기 때문이다. 그 충격은 아주 오래도록 잊히지 않았다.

중학교 때 친구랑 포항 시내 길거리에서 아주 새까만 흑인 남자 2명을 보았다. 어찌나 놀랐는지 모른다. 허연 이를 드러내고 우리에게 뭐라 뭐라 했는데 괴물같이 보인 그들에게 순간적으로 겁에 질려 친구와 나는 줄행랑을 놓았다. 우리에게 협잡질하려고 그랬을 리는 만무한데 왜 그토록 두려움과 이질감을 느끼게 했는지 모르겠다.

'저들이 사람일까, 사람이니까 걸어 다니겠지. 그렇다면 저들도 가족이라는 게 있을까? 포항까지는 왜 왔을까? 무엇을 타고 왔을까? 저들도 희로애락이 있을까?'

그날 나의 작은 머리에 쥐가 날 정도로 궁금하면서도 그들의 존재가 두려웠다. 그 흑인들은 포항 미군 부대에 복무하는 미군 병사들이었고 시내로 외출을 나왔던 것이다. 아마 그때부터였지 싶다. 흑인들은 모두 드세고 잘 씻지도 않아 더러울 거라는 얼토당토않은 편견을 가졌던 게 말이다. 이제 그런 일말의 편견도 없는데 화장실 카운터의 흑인 여자에게 순간적으로 두려움을 느끼며 당황했던 건 사실이다.

프라하의 밤은 화려했다

프라하에 서서히 어둠이 내렸다. 카를교 끝에서 '프라하성'을 보니 낮의 모습과는 확연히 달랐다. 불빛이 들어오니 볼타바강 너머 언덕 위에 우뚝 선 프라하성은 금세 도도한 왕궁의 위엄을 드러냈다. 유럽의 3대 야경 중에 부다페스트는 이미 구경했고 오늘은 프라하를 감상하는 중이다.

쌍둥이 첨탑이 있는 '틴 성당'으로 가는 길에서 한 청년과 나는 어깨가 부딪혔다. 그냥 실수로 부딪혔을 거라고 생각했는데 그게 아니었다. 가이드가 말하길 그 청년의 손이 내 핸드백 쪽으로 오고 있었다고 했다. 아무 일도 일어나지 않았지만 유럽에는 도둑 놈들이 정말 많은 것 같았다.

프라하의 야경은 틴 성당의 조명으로 절정을 이루었다. 그 황금빛 향연에 매료되지 않을 사람은 없을 것이며 카메라를 꺼내 들지 않는 사람 또한 없을 것이다.

'다시 올 수 없는 이 시간! 내일이면 이곳을 떠나야 하리! 낮도 밤도 다 아름다운 프라하를 남겨놓고….'

젊음과 활기가 넘치는 프라하 투어는 그렇게 조용히 저물었다.

프라하 시내에서 30여 분 떨어진 곳에 숙소가 있었다.

여행 6일째 밤! 이제 막바지에 접어들었다. 많은 걸 보고 듣고 느꼈지만, 이제 끝이 보인다는 게 아쉽고도 섭섭했다. 마치 맛있는 음식을 두고 야금야금 먹다 보니 바닥이 드러난 것처럼 느껴지니 어찌 아쉽지 않으랴. 남편도 아쉬운지 "이제 하루밤에 남지 않았네. 뭐 이렇게 금방 끝나버리냐."고 했다.

늦은 밤까지 나는 잠이 오지 않았다. 개인적으로 아쉬운 건, 체코하면 금방 연상되는 사람이 바로 소설가 카프카인데, 카프카의 조국인 체코 프라하에서 그의 문학 무대를 방문해보지 못하고 가는 게 어찌 아쉽지 않으랴. 카프카가 살았고 카프카가 작품활동 했다는 황금소로는 프라하 시내 어딘가 있을 텐데.

'변신' '성' '시골 의사' 등 수많은 작품의 산실인 황금소로를 방문해 보고 싶은 개인적인 욕심은 있었다. 그러나 자유여행이 아

닌 패키지여행에서는 꿈도 못 꿀 일이니 프라하에 아쉬움만 남겨
놓고 가야 할 판이다.

집 나가면 개고생? Oh, no!

체코의 끝머리 카를로비 바리

여행 7일 차, 체코의 서부지역 보헤미아 온천 도시를 구경하는 것으로 시작되었다. 프라하에서 2시간 30분 이동하니 예쁜 마을, 카를로비 바리 온천 관광지가 있었다. 카를로비 바리는 독일 쪽 가까이에 있는 체코 땅으로 온천으로 유명한 곳인데 우리나라로 치면 수안보쯤 되나보다.

과거 사냥을 즐겼던 카를 4세에 의해 온천이 발견되었다 하여 '카를의 온천' 뜻이란다. 이곳에서 온천수를 맛볼 수 있는 곳이 3곳인데, 온천수를 마시려면 거기에 맞는 컵이 있어야 한단다.

예전에 코미디언 서영춘 노래에 '인천 앞바다에 사이다가 떠도 고뿌(컵)가 없으면 못 마십니다'고 했던 것처럼 카를로비 바리에서 온천수를 맛보려면 반드시 온천수 컵을 사야 했다. 나도 6유로를 주고 일단 컵을 하나 샀다. 이 컵은 손잡이를 빨대로 만들어서 손잡이를 빨아 당기면 물이 올라오는 특이한 컵이었다. 여기서는 온천수를 떠먹고 집에 가면 커피 머그잔으로 쓸 요량이었다. 커피를 마실 때마다 체코의 온천 도시 카를로비 바리를 기억하게 될 테니까. 온천수는 정말 딱 한 입밖에 먹을 수가 없었다.

철분이 많이 들어 있어 마시면 철이 들 거라는 가이드의 썰렁한 아재개그를 뒤로 하고 한 입 빨아들이는 순간, 아, 이게 무슨 맛이란 말인가! 조미료 미원을 한 숟가락 퍼먹은 것처럼 닝닝해서 도저히 먹을 수가 없었다. 청송 달기약수터 물도 먹어 봤지만, 이곳 온천수 한 컵 마시는 건 아무래도 미션 임파서블이다.

우리 일행 모두 호기롭게 온천수 컵을 샀지만 제대로 먹은 사람은 없었다. 오죽했으면 가이드가 온천수 한 컵 원샷하는 미션을 완수하면 선물까지 주겠다고 했을까. 내가 여태 맛본 물 중에 최악의 물이었다.

온천 동네를 산책하면서 쇼팽을 생각했다. 폴란드의 음악가 쇼팽이 말년에 폐결핵으로

집 나가면 개고생? Oh, no!

요양하러 이곳 카를로비 바리에 머물렀다고 한다. 온천수로 건강이 호전되었지만 결국 서른아홉에 짧은 생을 마감했다. 나는 음악에 문외한이지만 피아노곡의 천재 음악가로서 불후의, 불멸의, 불세출의 쇼팽이라는 것쯤은 안다.

카를로비 바리 명물 중에 오플라트키 과자가 있는데 와플처럼 넓적한데 맛은 웨하스 과자에 가까웠다. 온천수를 넣어 굽는다 하여 우리 일행들은 너도나도 한 보따리씩 사 들고 왔다. 나는 과자를 안 좋아해서 한 조각 얻어서 맛만 보는 데 그쳤다.

온천 동네 한 바퀴 돌아오니 점심시간이 되었다. 식당에서 노릇노릇하게 잘 구워진 닭 다리 하나와 푸석푸석한 밥이 나왔는데 꽤 맛있었다. 곁들이는 야채가 단 한 가지라도 있었으면 더욱 맛있었을 텐데 고기와 밥뿐이어서 뒷맛은 좀 느끼했다.

아! 지금 이 순간 필요한 건, 잘 익은 열무김치 한 접시가 아닌가 싶다. 점심을 먹고 체코를 떠나왔다.

다시, 독일

목걸이 여행

이제 마지막 여행지 독일로 향해 떠난다. 이번 여행은 독일에서 시작해 독일에서 끝을 맺는 여행이었다.

독일→오스트리아→헝가리→체코→독일, 목걸이처럼 한 바퀴를 돌아 다시 독일로 왔다. 공항이 있는 프랑크푸르트까지는 가지 못하고 독일의 동남부에 위치한 도시 밤베르크에 도착했다. 밤베르크 대성당을 둘러보았다. 유럽여행은 왜 이렇게 성당 방문이 많은지 모르겠다. 유럽의 역사가 곧 종교의 역사인 것 같다. 어느 도시를 가나 성당, 교회, 시청사, 광장은 빠지지 않는 코스이다.

레크니츠 강을 끼고 있는 베니스 지구로 왔다. 베니스 지구는 이곳 어부들이 오래 밀집해 살고 있는 구역이고 이탈리아 수상 도시 베니스처럼 경치가 좋아서 붙여진 이름이라고 했다. 아담하게 잘 정돈된 마을 위쪽에는 맥줏집이 많았다. 역시 독일은 맥주 빼고는 이야기가 안 되는 곳인가 보다. 골목마다 맥줏집이 즐비하고 대낮부터 맥주잔을 기울이는 사람들로 북적이는 게, 첫날에 본 뮌헨 시내 풍경과 다를 바 없었다.

자유시간 40분을 준다기에 우리도 맥줏집 노천 파라솔 밑에 앉았다. 남편은 흑맥주를, 나는 커피 한 잔을 주문했다. 이국땅 파라솔 밑에서 한가로이 맥주 한잔할 수 있는 여유! 세상 온갖 시름이 다 사라지는 이 여유로움이 행복이 아니고 뭐겠는가.

연초록 이파리들이 바람결에 팔랑거리고 생명력 질긴 민들레는 시멘트 틈새를 기어이 뚫고 나와 노란 웃음을 지어 보이는 게, 사람 사는 세상의 풍경은 별반 다르지 않았다.

맥주 맛 커피 맛은 아마도 이 여유로움까지 더한 맛이리라.

저녁은 중국 음식이었는데 느끼해서 견딜 수가 없었다. 마지막 남은 고추장을 꽉꽉 눌러 짜서 비벼 먹었더니 개운했다. 고추장 덕을 톡톡히 봤다.

여행 마지막 밤을 그냥 보낼 수 없다며 숙소 근처 큰 마트로 갔다. 가장 싼 와인 한 병과 물, 자두를 샀다. 그런데 이 봄에 웬 자두일까? 우리나라에는 이제 막 자두나무에 꽃이 피었다가 졌을 텐데….

98

이 자두는 어느 나라에서 온 건가 궁금했다. 자두 색깔도 빨간색이 아니라 특이하게도 샛노란색과 까만색이었다.

남편과 와인을 마시며 여행의 즐거움과 아쉬움을 주고받았다. 여행에서 느끼는 감정은 온전히 주관적인 것이리라. 똑같은 것을 봐도 사람의 감정은 다 다르기에 말이다. 여행의 마지막 날 밤이 아니라 첫날밤이었으면 좋겠다는 말도 했다.

집 나가면 개고생? Oh, no!

프랑크푸르트를 향하여

8일 차 밤베르크에서 아침을 먹고 1시간 30분 거리에 있는 뷔르츠부르크로 이동했다. 독일의 남서쪽에 위치하고 있으며 마인강과 인접해있는 옛 도시였다.

뷔르츠부르크의 자랑 중에 1582년에 설립된 뷔르츠부르크 대학이 있는데 400년도 넘었다니 그 유구함에 놀랄 수밖에 없었다. 더군다나 X선을 발명한 뢴트겐이 교수로 재직한 학교라니 명예와 전통이 수식어처럼 따라붙을 만하다. 뢴트겐은 X선 발명으로 특허권을 냈더라면 큰 부자가 됐을 수도 있었는데 인류를 위해 쓰이기를 바란다며 마다했다고 한다. 또 X선을 발명자의 이름을 따서 '뢴트겐선'으로 하자는 제안까지도 손사래를 치며 거절했다니 뢴트겐 박사는 정신세계가 몇 차원 높은 사람인 것 같다.

사람 사는 세상에는 조그만 공도 부풀리고 더러는 남의 공도 자기 것인 양 가로채고 심지어 어떤 이는 곗술로 낯내기 하면서 일말의 부끄러움도 모르고 있다. 교묘히 얼굴을 고치며 세간에 떠받들리고 싶어 안달하는 간나위들이 얼마나 많은가!

뢴트겐 박사의 바람대로 X선 덕분으로 현대의학은 눈부신 발전을 이뤄냈고 수많은 생명을 살려냈다. 뢴트겐은 X선 발명 공로로 1901년 제1회 노벨 물리학상을 받았는데 그것만으로 충분하다 했단다. 뢴트겐처럼 월드 와이드 웹(WWW)을 개발해 특허 출원하지 않고 무료로 배포해 누구나 쉽게 인터넷에 접할 수 있게 한 영국의 팀 버너스리 박사 같은 분도 인류의 삶에 획기적인 공헌을 한 웅숭깊은 사람이 아닌가 싶다.

내가 뷔르츠부르크 여행에서 가장 감탄사를 많이 쏟았던 곳이 바로 레지던츠 정원이었다. 레지던츠 궁전 앞에 조성된 정원에는 분홍색 겹벚꽃이 만발했고 토피어리 된 나무들로 눈이 한껏 호사를 누렸다. 정원에는 형형색색의 꽃들이 피었고 나무마다 연초록 이파리가 꽃보다 더 아름다웠다. 로코코 양식으로 우아하게 단장된 정원에서 정말 한 걸음도 옮기고 싶지 않고 퍼더앉아 해종일 내내 게으름을 부리고 싶었다.

집 나가면 개고생? Oh, no!

빨간 달리아꽃이 어쩌나 예쁘던지 어머니 생각에 그리움이 왈칵 치밀었다. 내 어릴 적 우리 집 마당에는 여름이면 달리아꽃이 한가득 피곤 했다. 어머니는 달리아꽃을 무척 좋아하며 애지중지 가꾸셨는데…….

'이곳을 두고 어찌 갈까!' 빨리 오라는 가이드의 말에 부랴부랴 쫓아갔지만 두고 오기 너무 아깝고 아쉬운 곳이었다. 커다란 고깔모자를 쓴 듯한 나무들이 오래오래 기억에 남을 것이다.

마리엔베르크 요새 구경 또한 볼만 했다. 마인강이 내려다보이는 언덕에서 뷔르츠부르크 시내가 한눈에 들어오고 다른 방향으로 눈을 돌리니 와인의 고장답게 멀리 포도밭이 끝없이 펼쳐져 있었다.

프랑크푸르트를 향해 오는 길에 들른 곳마다 모두 절경이라 눈이 제대로 호강을 했다.

'독일은 왜 이렇게 볼거리가 많은 거야! 집에 가기 싫게 만드네.'

오늘 점심도 김치찌개 백반으로 한식이라 했다. 별 기대도 하지 않았다. 기대가 없으니 실망도 적었지만, 프라하의 된장찌개나 프랑크푸르트의 김치찌개나 그 나물에 그 밥이었다. 김치를 썰어 물만 찔끔 붓고 끓인 찌개인데 무슨 맛이 나랴. 맛이 없는 게 당연할 테지. 지지리도 맛없는 김치찌개가 독일에서 먹은 마지막 식사였다. 게다가 물까지 추가 요금을 받아서 물도 실컷 못 먹고 나와야 했다. 느지막이 점심을 먹고 공항 근처에 있는 프랑크푸르트 시내투어를 했다.

프랑크푸르트의 뜻은 '프랑크족의 여울목'이란 뜻이며 금융과 상업의 도시로 유럽의 관문 역할을 하는 곳이란다. 이곳 프랑크푸르트에 와서야 비로소 마천루 같은 빌딩 숲이 우리나라 여의도 같은 느낌이 났다.

프랑크푸르트는 독일의 대문호 괴테의 고향이기도 하다. 그리고 우리나라 해외파 축구선수 1세대인 차범근이 활약한 곳이라서, 이곳 사람들은 한국은 몰라도 차범근은 다 안다고 했다. 특히 올드팬들은 아직도 차범근을 그리워한다고 했다.

지금은 우리 구자철 선수가 프랑크푸르트에서 한 시간 남짓한 곳, 아우크스부르크에서 뛰고 있단다.

집 나가면 개고생? Oh, no!

뢰머 광장에서 독일을 생각하며

마인강 다리를 건너니 이내 시청사가 나타났다. 시청사 앞 뢰머 광장 앞에는 다국적 사람들로 북적였다. 거리의 악사들, 온몸에 페인팅을 해서 관광객들에게 돈 받고 사진 찍어주는 모델이며 그 냥 구걸하는 거지며 자유분방한 모습으로 살아가는 온갖 군상들 이 다 모여 있었다. 뢰머는 로마인이란 뜻이란다. 과거 로마군들 이 주둔한 곳이라서 그렇게 이름이 붙여졌다고 한다.

프랑크푸르트의 뢰머 광장에서 자유시간을 보내며 7박 9일의 여행을 마무리 지었다. 할 수만 있다면 왔던 곳을 되짚어 돌아가 고 싶었다. 되감기 하듯 처음으로 초기화하고 싶었다. 여행은 체 험이고, 체험을 통해 몰랐던 사실을 배우는 일인데 아직 더 배우

106

고 싶으니 말이다.

독일은 자동차의 나라라서 비교적 매연이나 미세먼지가 높을 거라고 생각했는데, 그건 착각이고 속단이었다. 또 온통 빌딩숲의 마천루만 존재할 것 같았는데 내가 생각했던 것과는 아주 달랐다. 독일의 맑은 공기와 가는 곳마다 수려한 풍광, 여유와 낭만이 넘치는 시민들의 얼굴, 모든 게 미치도록 부러웠다.

'우리나라는 뭘로 이들과 경쟁하지?'

사실 알고 보면 제1차 세계대전, 2차 세계대전을 주도한 나라는 독일이다. 1차 세계대전의 도화선은 오스트리아 황태자 부부의 암살 사건이지만 속내를 파고 들어가면 강대국들이 평화와 번영이 아닌 자국의 이익과 영향력만을 좇다 보니 3국 동맹, 3국 협상이 충돌하게 되었다. 다른 강대국에 비해 식민지 개척에 뒤늦게 뛰어든 독일의 야욕이 세계대전으로 번졌다고 할 수 있다.

제2차 세계대전이 일어난 원인은, 1차 세계대전 후 독일에게 너무 가혹한 대가를 치르게 한 연합국의 요구(베르사유조약)가 시발점이었을 수도 있지만 아돌프 히틀러의 게르만 우월주의가 빚어낸 가당찮은 발상 때문인 것도 엄연한 사실이다.

유대인 등 400만 명을 아우슈비츠 수용소에 가둬 학살한 천인공노할 짓을 저지른 전범 국가, 두 번의 패망을 겪고도 오늘날 어찌 이리도 최강선진국이 되었단 말인가? 일본도 마찬가지지만.

그 저력은 뭘까? 부러운 일이다.

프랑크푸르트 마인강에는 4월의 화창한 볕바라기 하러 나온 시민들이 많았다. 그중에 백발의 노부부인지, 노인 불륜커플인지 강가에 앉아 진한 키스를 나누고 있었다. 보는 관점에 따라 다르지만 내가 보기에는 영 그림이 좋지 않았다.

'에그, 늙은 말이 콩을 더 잘 먹는다고 하더니 늙어서까지 저러고 싶을까. 좀 얌전히 늙지. 쯧쯧 노추야, 노추!'

프랑크푸르트 공항에 도착해서 탑승 수속을 밟고 짐을 부치고 나니 다시 긴 기다림이 시작되었다. 우리 일행들은 이곳 도착했을 때보다 돌아가는 길의 짐이 훨씬 많아 보였다. 이곳저곳 선물 사는 상점마다 쇼핑을 빠뜨리지 않고 한 모양이다. 일행들은 보따리를 지고 들고 야단법석이었다. 외국 여행의 목적이 물건 사러 온 건 아닐진대 왜 저리도 외국 물건에 포복진 듯 마구마구 사 들고 가는지 나로서는 영 이해가 되지 않았다.

짐을 주체하지 못해 캐리어를 열어 담고 빼고 짐을 분산하느라 갖은 애를 쓰는 모습이었다. 우리 일행들이 하는 양을 물끄러미 쳐다보다 또 한번 '쯧쯧쯧' 소리가 저절로 나왔다.

나처럼 또순이 눈에는 그것이 모두 낭비로만 보였다.

당사자들은 "모르는 소리 마라! 다 필요해서 샀지. 네가 보태준 것 있느냐?"라고 할는지 모르겠다.

나는 예전에도 그랬지만 살만해진 지금도 아껴야 할 건 철저히 아끼며 사는 편이다. 또순이 기질이 내 몸에 단단히 배여 있는 탓이다. 흔히들 아낀다고 하면 큰 것부터 생각하기 쉽다. 그 반대로 아주 작은 것부터 아껴야 한다.

치약을 아무리 꽉꽉 눌러 짜도 용기 속에는 몇 번 더 쓸 양이 남아있다. 치약 튜브를 가위로 잘라보면 그렇다. 샴푸 용기도 다 쓴 뒤 물로 헹궈서 쓰면 두세 번은 너끈히 쓸 수 있다. 동강 난 비누 조각도 모아서 양파망에다 넣고 쓰면 끝까지 알뜰하게 쓸 수 있다.

돈은 버는 것도 중요하지만 세어 나가는 돈을 잡는 것도 버는 거 못지않다. 그것이야말로 애써 돈 버는 남편에게 예의라고 생각하며 살았다. 내가 해외여행 나와서 이것저것 쇼핑 안 하는 것은 어떤 경우든 불필요한 소비는 하지 않는다는 신념 때문이다.

여행의 마지막 선물

저녁 7시 40분 인천행 비행기에 올랐다. 나는 올 때처럼 갈 때도 창가 자리에 앉았다. 이륙하는 순간 프랑크푸르트 공항이 서서히 멀어지고 있었다. '프랑크푸르트 안녕! 즐거웠어. 다시 이곳으로 올 수 있을까. 그랬으면 좋겠다!' 나는 나직이 마음속으로 독일에 인사를 건넸다.

7시 40분이면 해가 질 무렵인 건 분명한데 이륙하고 보니 해는 비행기 저 밑에서 그대로 있는 게 신기했다. 1시간쯤 지났을 때, 그때야 해가 꼬리를 감추었다. 기내식을 먹고 깜빡 잠이 들었다가 깨보니 비행기 항로 표시에 모스크바 상공쯤에 와 있었다.

'아, 그런데 이게 웬일인가! 아니 웬 떡인가!' 창밖을 보니 수백

수천 아니 수억만 개의 별이 손을 뻗으면 잡힐 듯이 가까이서 빛을 내고 있는 게 아닌가. 어린 시절 나는 시골에서 자라며 어머니 무릎을 베고 봤던 여름밤 별들의 향연이 늘 그리웠다. 나이가 아무리 들어도 별들의 향연에 늘 목말랐었다.

그 시절 나는 어머니에게 하늘에 별이 몇 개인지 물어본 적이 있다. 어머니의 대답은 참으로 단순명료했다. "백백이 사방(동서남북)이니까 별이 800개이지!" 나는 여름밤 하늘의 별이 800개로 알며 그렇게 별밤을 좋아했다.

'어디서 그런 하늘을 다시 볼 수 있으랴?' 그 갈증은 50년이 넘어도 채워지지 않았는데 이번 여행 중 헝가리 부다페스트 하늘에서 숙원을 풀었다고 생각했다. 50년 묵은 갈증을 해소하며 탄성을 질렀는데 그러나 지금 이 순간! 부다페스트 하늘에서 본건 유도 아니다.

맨눈으로 별을 보는데도 마치 천체망원경을 대고 보는 것과 조금도 다를 바 없다면 믿을 수 있을까 모르겠다. 별가루를 뿌려놓은 하늘, 아니 별바다를 유영하는 것 같았다.

'하늘에서 별을 따다 하늘에서 달을 따다 두 손에 담아드려요~~~' 나도 모르게 예전에 많이 불렀던 음료수 CM Song이 흥얼거려졌다.

내가 별을 따서 두 손에 담아주고픈 사람이 누굴까? 가만히 생각해 보니 한 사람이 떠오른다. 바로 우리 며느리이다. 수줍은 미소로 별을 받아줄 것 같다.

이제 집에 돌아가면 밤하늘 쳐다보며 별을 세는 일이 없을 것 같다. 너무 시시해져서 말이다.

굳이 비유하자면 호텔에서 잠을 자본 사람이 여인숙에서 잠을 잔다면 만족하겠는가! 절대 못 할 일이다. 우리나라 가을 하늘이 아무리 맑고 파랗다 하더라도 오스트리아 짤쯔캄머굿 정상에서 본 코발트빛 하늘과는 또 차원이 다른 것처럼, 지금 내가 보고 있는 10,000M가 넘는 모스크바 상공에서 본 별과는 절대 비교할 수 없을 테니까.

나 지금 별구경에 행복해서 미칠 것 같다고 모스크바 하늘에다 대고 혼자 중얼거렸다.

초사흘 눈썹달이 비행기 꽁무니를 졸졸 따라오더니 어느 순간 없어져 버렸다. 몽골의 울란바토르 상공에 왔을 때 별마저 사라지고 희붐히 먼동이 트고 있었다.

'별이 지면 꿈도 지고 슬픔만 남아요~'라는 노래가 있는데 별이 져서 좀 슬프기는 하지만, 언젠가 다시 비행기 창밖으로 별을 볼 수 있으려니 생각하고 아쉬움을 달랬다. 뜻밖에 어마어마한 선물을 몇 시간째 끌어안고 하늘을 날아왔으니 이보다 큰 횡재가 어디 있겠는가.

인천공항에 도착하니 점심때가 지나 있었다. 기내식을 느지막이 먹어 배가 고프지 않았다. 수하물을 찾아서 공항철도로 이동하려니 또 누군가는 설렘을 안고 여행을 떠나고, 누군가는 여행을 끝내고 돌아오는 등 공항은 쉼 없이 분주했다. 가족 톡방에다 '엄마 아빠 무사히 잘 놀고 왔다'고 아이들에게 귀국 보고를 했다.

참 이상했다. 공항철도를 타고 집으로 돌아오는 길 내내 나는 허전했다. 무사히, 몸성히 귀국했다는 안도감인 줄 알았는데 그게 아니었다. 내 나라, 내 집이 미치도록 반갑고 그리워야 하는데도 다시 어디론가 훨훨 떠나고 싶은 생각이 들었다. 이 낯선 감정은 뭘까. 연극이 끝난 뒤 객석에 홀로 앉아있는 듯한 이 허전함 말이다.

내 삶의 후반부에서 시작된 2018년의 봄, 남편과 함께한 여행은 참으로 행복했다. 우물 안 개구리처럼 내가 사는 곳이 제일 편하고 아늑하고 세상의 전부인 줄 알았다가 세상 도처에 별천지가 있다는 걸 알게 되었다.

상(賞)은 받으면 받을수록 더 받고 싶듯이 여행도 그런 것 같다. 한번 가면 자꾸 가고 싶어진다.

견문을 넓히고 방전된 삶에 배터리를 충전하는 것과 같은 의미의 여행은 영혼의 비타민 같은 구실을 하는 게 아닐까?

동유럽 4개국 어느 나라든 다 그 나름의 매력이 있었다. 수려한

집 나가면 개고생? Oh, no!

풍광도 잊히지 않겠지만, 여행 중 만난 많은 사람들의 삶의 모습
도 잊히지 않을 것이다. 아니 많이 그리울 것 같다.

　독일, 오스트리아, 헝가리, 체코에서 머물렀던 일각 일각이 어
찌 소중하지 않으랴.

　안녕, 동유럽~~

발칸 유럽

두근두근 발칸 여행을 기다리며

동유럽 4개국을 다녀온 지 일주일 만에 우리 부부는 다시 여행사 홈페이지를 뒤적였다. 이내 우리 입맛에 딱 맞는 상품 하나를 발견하고 걸싸게 낚아챘다.

"당신 크로아티아 가보고 싶다 했지? 가보고 싶을 때 가는 거지 뭐!"

이렇게 우리의 두 번째 여행이 결정되었다.

발칸 유럽 역시 동유럽이며 발칸반도에 있는 나라들 중에 우리가 여행할 나라는 세르비아, 보스니아, 크로아티아, 슬로베니아이다.

여행 다녀온 지 한 달 만에 또 나간다면 남들 보나따나 그리 고

집 나가면 개고생? Oh, no!

운 눈으로 봐 줄 것 같지는 않았다. 그래서 이번엔 떠벌리지 않고 조용히 다녀올 요량이었다. 사실 우리는 너무 오랫동안 해외여행을 미루고 살았다.

남편이 퇴직을 해서 시간적 여유가 많고 한 살이라도 더 젊을 때, 조금이라도 더 건강할 때, 그리고 떠나고 싶을 때 떠나는 게 명안일 것 같아 망설일 필요가 없었다. 매화도 한철 국화도 한철인데 우리가 매양 젊을 수는 없는 일이다. 남흔여열(男欣女悅)하게 이제 차근차근 남은 인생을 채워가야 하거늘.

발칸반도 4개국을 예약하고 나니 다시 설렘의 시간이 시작되었다. 기계치인 나는 남편에게 모든 걸 맡기고 그저 졸래졸래 따라가기만 하면 된다. 꼼꼼하게 일 처리 잘하는 남편 덕분에 나는 수월수월 여행가는 셈이다. 숙맥이 상팔자라는 말이 이런 나를 두고 한 말인가 보다.

언제부턴가 나는 '가슴이 두근거린다'는 말이 이제 우리 나이에서는 가질 수 없는 수사(修辭)에 불과한 표현인 줄 알았다. 그런데 그런 것만은 아니었다. 미지의 세계에 대한 동경과 설렘은 여행에서만 향유할 수 있는 아주 소중한 감정이라는 것을, 여행 준비를 하면서 깨달았기 때문이다. 그래서 여행가들은 가슴이 떨릴 때 떠나라고 서슴없이 말하나 보다.

'그래, 아직 내 가슴이 두근거리니 여행 떠날 자격은 충분한 거다!' 영국의 시인 워즈워드는 하늘의 무지개를 바라보고 가슴이 뛴다고 하질 않았는가. 젊어서도 그러했고 늙어서도 가슴이 뛰지 않으면 자기 목숨을 거둬가도 좋다고 '무지개'라는 시에서 당당히 말했다. 더 이상 젊지 않은 이 나이에 가슴 뛰는 일이 있다면 그것은 분명 축복이리라.

몇 해 전쯤인가, TV에서 '크로아티아 여행 체험' 프로그램을 방영한 적이 있었다. '내 생전에 크로아티아 구경 한번 해 볼 수 있으면 좋으련만….' 공허한 독백만 남은 채 나에게 크로아티아는 동경으로만 끝날 줄 알았다. 그도 그럴 것이 4년 전 그 프로그램이 방영될 무렵 나는 발이 아파서 걷는 일이 많이 불편했기 때문이다. 정형외과를 제집 드나들 듯 다니며 치료를 받았지만 그다지 효과가 없었다. 발에 철심을 박아넣는 수술을 하라는 의사도 있었지만 내키지 않아 미루고 있던 차에 다른 의사의 추천으로 특수 깔창이 도움이 된다 하여 나는 금세 솔깃해졌다. 웬만한 신발 3켤레 값이 되는 비용으로 맞춘 깔창은 과연 돈값을 톡톡히 했다. 깔창 덕분에 하루 2시간 걷기 운동은 물론 강화도 나들길 21코스도 가뿐히 완주했다.

이제 걷는 일은 자신이 있으니 어딘들 못가랴. 크로아티아가 한낱 동경의 땅이 아니라 내 발로 보무당당히 갈 수 있다고 생각하니 가슴이 벅차고 미리감치 행복감이 밀려왔다.

집 나가면 개고생? Oh, no!

세르비아

세르비아 땅을 밟다

2018년 5월 10일, 저녁을 일찍 먹고는 낮에 꾸려 놓은 짐을 들고 공항으로 향했다. 4월 11일에 동유럽으로 떠났으니 꼭 한 달 만에 다시 공항으로 가고 있다. 이번엔 공항버스가 아닌 공항철도를 이용했다. 퇴근 시간이라 붐볐지만 시간을 요량하기 좋은 점이 철도이기도 하다.

여행사와 밤 10시에 미팅을 마치고 탑승 수속을 밟고 나니 2시간 30분이 남아 있었다. 기다림도 무료함도 설렘이라는 걸, 여행 떠나는 사람이라면 다 알 것이다. 커피를 한 잔 마시고 면세점 아이쇼핑을 하며 들락거리다 보니 비행기 탑승 시간이 가까이 와 있었다.

집 나가면 개고생? Oh, no!

집에 있으면 꿈나라에 가 있을 시간인데 오밤중에 비행기를 탔다. 자다 깨다 하며 10시간을 날아서 날이 희붐한 새벽녘에야 중동 지역인 카타르에 도착했다. 카타르 수도 도하는 우리나라 시간보다 6시간이 느려서 아침 4시 40분이었다. 한국 시각은 오전 10시 40분이다. 도하에서 첫 방문지 세르비아 가는 비행기를 갈아타야 했다. 발칸반도는 직항이 없어서 환승으로 가야 하니 시간이 많이 걸릴 수밖에 없었다.

도하공항은 인천공항에는 비교할 수 없지만 깨끗하고 그 규모도 상당했다. 이곳 카타르 도하에서 2006년 아시안 게임이 개최되었고 오는 2022년에는 더욱 큰 잔치가 열릴 예정이다. 바로 중동 지역에서 최초로 월드컵을 개최하는 것이다.

월드컵은 늘 유럽이나 아메리카 쪽에서 개최하는 일이 빈번했다. 아무래도 축구에 관심이 많고 성적도 좋은 나라들이 개최할 확률이 높았다. 그러다 보니 다른 대륙이 소외되고 '저들만의 리그'가 될 것 같으니 큰 인심을 쓰듯 대륙별 안배가 시작되었다. 그래서 2002년 우리나라도 아시아 최초로 개최국이 될 수 있었다. 일본과 공동개최로 좀 김새는 대회이긴 했지만 말이다. 일본 입장에서도 마찬가지였겠지. 혼자 먹을 떡을 나눠 먹어야 하니 뭐 그리 흥이 났으랴! 축구 이야기만 하면 이렇게 나는 곧잘 삼천포로 빠진다.

한국에서부터 10시간을 비행해 왔는데 세르비아의 수도 베오그라드까지 5시간을 더 비행해야 한다니 경상도 표현대로라면 발칸반도까지는 비행기 뜸질하는 셈이다. 세르비아 가는 비행기를 타고 다시 자다 깨기를 반복하며 베오그라드 공항에 내리니 오전 11시 50분이었다. 한국 시간으로는 오후 6시 50분이다. 어제저녁 7시에 집에서 출발해 거의 24시간 만에 도착한 것이다.

입국 심사를 받는 곳에서부터 세르비아의 이미지는 내가 생각했던 것과 다르지 않았다. 여권을 검사하는 공항직원이 여권에 도장을 찍고는 휙 던지며 건네주었다. 만약 우리나라에서 공항직원이 손님에게 여권을 던졌다면…….

아마 목이 몇 개쯤 된다 해도 그 자리를 부지할 수 없을 것이다. 세르비아니까 가능한 걸까. 나의 선입견이 슬슬 발동을 걸었다.

사실 나는 이번 여행을 준비하면서, 크로아티아에 가고 싶어 달뜬 마음은 별개이고 세르비아와 보스니아에 더 관심이 많았다.

아무리 국제 정세에 어둡고 관심이 없는 사람일지라도 불과 25년 전에 일어난 '보스니아 내전'은 매스컴을 통해 많이 들어봤을 것이다.

먼저 발칸반도 나라를 이해하려면 꼭 알아야 할 서양 현대사가 있다. 바로 '유고슬라비아' 이야기다.

유고슬라비아가 몇 세기에 어떻게 세워졌고 어느 나라의 지배를 받고 또 어느 나라와 이합집산, 합종연횡했는지 다 이해하려면 성경책 첫머리에 누가 누구를 낳고, 누가 누구를 낳았다는 끝없는 이야기만큼이나 복잡하고 머리가 아프다.

내가 학교 다니던 1970년대 세계사 교과서엔 '유고슬라비아'라는 나라가 존재했고 우리는 그렇게 배웠지만, 이제 지도에는 유고슬라비아는 없다. 그런 나라가 존재했다는 게 과거 이야기가 되었다.

유고슬라비아가 해체되면서 슬로베니아, 크로아티아, 보스니아, 세르비아, 마케도니아, 몬테네그로 6개의 나라로 쪼개졌고 세르비아 자치주로 있던 코소보가 다시 2008년에 독립했다. 유고슬라비아 연방에서 독립된 나라는 현재 7개국이 되었다.

유고슬라비아를 다 이해하려면 끝이 없을 테지만 간단하게나마 왜 유고슬라비아가 해체되었는지, 그 과정이 어땠는지는 알아둘 필요가 있다.

1989년 미국과 소련의 영수회담으로 당시 소련의 대통령이었던 고르바초프가 "냉전은 끝났다!"고 선언했다. '철의 장막'이라 비난 받던 소련이 탈냉전을 선언한 데는 그만한 이유가 있었다.

1980년대 들어오면서 공산주의 국가 병폐가 고스란히 드러났다. 모든 경제활동을 국가에서 통제를 하니 노동자들의 노동력이 저하되는 건 당연했다. 이것은 사회 전체의 생산력을 저하시켰다.

저조한 경제 성장률, 근로 의욕이 없는 게으른 노동자들, 부족한 소비재로 인한 대중의 불만 폭발 등 소련은 대내외적으로 침체 일로를 걷고 있었다.

고르바초프 대통령은 탈냉전을 선언하며 총체적 난국에 빠진 소련을 개혁과 개방으로 이끌어 나가겠다고 선언한 것이다. 더이 상 동유럽 공산국가를 간섭하지도 영향력을 행사하지도 않겠다 고 했다. 공산국가의 맹주였던 소련의 변화는 순식간에 동유럽 전체에 지각변동을 일으켰다.

헝가리를 필두로 민주화 운동이 들불처럼 번져 나갔다. 분단 체 제에 있던 동독과 서독이 합쳐져 완전한 독일이 되었고 동유럽 공산국가들 대부분은 사회주의 이념을 버리고 자본주의를 선택 했다. 하지만 유고슬라비아는 해체되는 그 과정이 너무도 처참했 다. 무려 10년을 피비린내로 진동한 유고슬라비아 땅에 봄이 오 기까지는 엄청난 희생을 치렀다.

1991년~2000년까지 유고슬라비아는 '발칸의 화약고'로 불리 며 싸움이 끊이질 않았다. 한 나라에 6개의 민족, 2개의 문자, 5개 의 언어, 거기에다 각기 다른 종교까지 더해져 있으니 분쟁이 없 는 게 되레 이상할 구조가 유고슬라비아였다. 이런 이상하고도 복잡한 나라 유고슬라비아를 탈 없이 잘 이끌어 오던 티토 대통 령이 죽고 밀로셰비치 대통령이 즉위하면서 분쟁이 수면 위로 드러났다.

　세르비아계인 밀로셰비치가 민족주의 우월성을 내세우며 다른 민족들을 홀대하는 정책을 펴자, 이것이 10년 내전의 도화선이 되었다.

　슬로베니아계, 크로아티아계, 마케도니아계가 각기 독립을 선포하며 유고연방에서 떨어져 나왔다. 정권을 잡고 있던 세르비아계는 독립을 인정하지 않겠다며 즉각 전쟁을 선포했다.

　마치 이혼하겠다고 하자 "너 이혼하자고 하면 죽여버릴 거야!"라고 엄포를 놓으며 폭력을 행사하는 못된 남자 같다고나 할까.

　세르비아계는 필사적으로 독립을 저지하며 슬로베니아→크로아티아→보스니아→코소보를 공격하며 유고연방을 10년간 전쟁터로 만들었다. 그중 보스니아와 코소보 전쟁에서는 엄청난 인명피해를 냈다. 세르비아인들의 극악무도함에 전 세계가 지탄했지만 그들은 눈과 귀를 닫고 오직 전쟁만 계속해 나갔다.

　이 모든 중심에는 세르비아의 밀로셰비치 대통령이 있었다. 아돌프 히틀러가 게르만 민족 우월주의를 표방하며 독일인들에게 전쟁을 부추겼듯이 밀로셰비치는 세르비아인 주축으로 된 유고연방을 유지하려 했는데 뜻대로 되지 않자 발칸반도를 킬링필드로 만들어 버렸다. 인종청소를 한다며 세르비아인이 아닌 다른 민족은 마구잡이로 처단했다.

결국 국제연맹과 북대서양 조약기구 나토(NATO)가 개입하며 세르비아 무장세력과 일전을 벌였다. 한때 '발칸의 도살자'라는 악명을 떨치며 온갖 천인공노할 짓을 다 한 밀로셰비치가 전범으로 몰려 재판을 받다 숨졌다. 그도 루마니아 독재자 차우세스쿠처럼 그렇게 시민들의 손으로 끌어내려 처참하게 처형을 당했어야 했건만 밀로셰비치가 병사를 했다니 그의 죽음은 과분했다는 생각이 든다. 발칸 전쟁에 덧없이 죽은 수십만 영혼들의 한은 누가 풀어줄까. 위정자들 때문에 세르비아 국민이 전범국가로 불도장 찍혀 주변국들에게 여전히 미운털로 사는 그 책임은 또 누가 진단 말인가?

세르비아에 발을 디디고 보니 끔찍한 발칸의 현대사에 나는 마음이 이루 말할 수 없이 착잡해졌다.

집 나가면 개고생? Oh, no!

백색인지 회색인지 헷갈려!

베오그라드 공항에서 전세버스를 타고 도심으로 가는 마음이 여행자답지 않게 착 가라앉았다. 사람 사는 곳이 다 그렇듯 어느 버스 정류장 풍경이 눈에 들어왔다. 하굣길에 중학생으로 보이는 소년 두 명이 가게에서 아이스크림을 사서 먹고 있었다. 아주 일상적인 풍경이지만 나는 왜 그 소년들에게조차 의문스러운 눈길을 보내고 있었을까.

'전후세대(前後世代)인 저 아이들은 보스니아 사태, 코소보 사태를 학교에서 어떻게 배우고 있을까' 이런저런 오지랖이 생겼다.

베오그라드 시내에 들어오니 아주 오래된 아파트만 즐비했다. 낡아서 곧 해체해야 할 듯 아슬아슬한 아파트와 총탄 자국이 선명한 건물들을 보니 이곳이 1990년대 말, 전쟁터였다는 걸 실감할 수 있었다.

거리에 간판을 하나도 읽을 수가 없어 답답했다. 그나마 아라비아 숫자가 반가울 지경이었다.

베오그라드는 '백색 도시'의 뜻이라고 하지만 온통 회색 도시로만 보였다. 첫 방문지는 '칼레메그단 요새'였다. 그곳에는 우리나라 양수리처럼 다뉴브강과 사바강이 합류되는 곳이었다. 12세기경부터 주변 국가들 사이에서 지배권을 다투었을 정도로 교통과 군사적 요지라서 베오그라드는 늘 지배권이 바뀌는 전쟁의 도시였다고 한다. 사바강이 내려다보이는 요새에서 '이 땅이 참으로 고단한 역사의 현장이구나' 혼자 중얼거려 보았다.

두 번째 방문지는 '사보르나 정교회'였다. 직접 들어가 볼 수는 없었지만 번듯한 첨탑이 신성한 곳임을 의미했다. 정교회 앞에는 '?' 술을 파는 카페가 있었는데 이 또한 명물이란다. 신성한 교회 앞에 술집이 웬말이냐며 사보르나 교회측에서 항의를 해서 지금은 술집이란 이름은 쓰지 않고 '?'를 그대로 상호로 쓰게 되었다고 한다. '물음표 카페'인 셈이다.

베오그라드의 중심지에 '공화국 광장'을 시작으로 카페, 상점, 레스토랑이 많았다. 베오그라드의 명동이라는 '크네즈 미하일로 거리'에는 젊은이들로 북적였지만 그들의 표정이 그리 밝아 보이지 않고 다소 경직되어 보였다.

세르비아는 양봉 꿀이 유명하다며 꿀을 파는 가게로 가이드가 안내했다. 여행 첫날부터 짐만 늘어나는데 누가 쇼핑을 할까 싶었지만 그래도 사는 사람이 있었다. 개인적인 생각이지만 여기 와서까지 꿀을 사갈 일이 뭐 있겠나.

미하일로 거리를 눈요기하듯 훑고 오는데 삼성전자 휴대폰 대형 광고판이 목이 좋은 곳에 떡하니 서 있어 반가웠다.

시장 구경도 하고 싶었는데 일정상 눈으로만 보고 지나쳐왔다.

버스로 이동하는 중에 1998년 코소보 사태로 전쟁 당시 나토군 공습으로 폐허가 된 건물을 보았다.

'누구에게 보여주려고? 저렇게 금방이라도 귀신이 나올 것 같은 음습한 건물을 보존하고 있는 건지?' 세르비아는 가해자인데 자신들이 마치 피해자인 양 나토군의 공습을 고발하려는 듯 건물이 폭격당해 파괴된 그대로의 상태로 보존하고 있었다. 철거하고 새 건물을 지을 돈이 없어서 그대로 방치하고 있는지는 모르겠지만, 나는 그것이 후안무치로 보였다.

달리는 버스에서 베오그라드 시내를 몇 장 찍었는데 총탄 자국이나 부서진 건물만 보였다. 전쟁은 승자도 패자도 없는 모두가 피해자뿐이라는 걸 베오그라드를 떠나오면서 절실히 깨달았다.

집 나가면 개고생? Oh, no!

베오그라드를 떠나오며

나에게는 특별한 신문 스크랩 한 장이 있다. 물론 아직도 보관하고 있다. 1998년 우리 큰아이가 5학년, 작은아이가 2학년이던 때였다. 소풍 전날 김밥을 싸려고 신문지를 펼쳐놓고 시금치를 다듬다가 나는 얼른 시금치를 치우고 신문을 가위로 오려냈다. 가슴이 꽉 막혀오는 사진 한 장에 눈시울이 뜨거워졌다.

1998년 코소보 어린이들의 '잔인한 5월'이라는 전쟁 기사가 실린 사진이었다. 세르비아의 공습에 피란민이 된 코소보의 어린이들이 트럭에 실려 알바니아 국경 마을에 도착한 사진이었다. 배급받은 차 한 잔을 마시며 주린 배를 달래는 장면에는 두려움과 공포가 얼굴에 잔뜩 묻어있었다. 전쟁 통에 미아가 되어 울고 있

133
———
발칸 유럽

는 아이들 사진도 있었는데 가슴이 에는 듯 아팠다. 배고픔, 질병, 전쟁고아 등 그 해 코소보엔 어린이만 50만 명이 미아, 난민이 되었다. 또래 자식을 키우는 어미의 심정으로 나는 오려낸 기사를 스크랩해 두었다. 잊지 않겠다는 의지였다.

비록 분단국가이긴 하지만 우리 대한민국에서 자라는 아이들은 5월의 푸르름을 만끽하며 소풍 나들이를 하고 있는데 코소보 어린이들은 알바니아로, 마케도니아로 짐짝처럼 트럭에 실려 남의 나라 국경을 떠돌아야 하는 현실이 가슴 아팠다. 그 아이들에게 무슨 죄가 있기에 배고픔과 죽음의 공포에서 연명하듯 하루하루를 살아내야 하는가 말이다.

20년 전, 햇살이 눈부시던 그 오월에 난민으로 떠돌던 가엾은 코소보 어린이들은 지금 어떤 모습으로 살아갈까, 살아있다면 20대 중후반의 청년들이 되어 있을 것이다.

그때의 세르비아 전범들은 재판장에서 자신들의 무죄를 주장

집 나가면 개고생? Oh, no!

했고 더러는 밀로셰비치가 시켜서 한 일라고 떠넘기기만 했다.

수백만 명의 삶을 초토화시킨 세르비아인들은 자신들이 저지른 짓을 반성이나 하고 있는지 모르겠다. 하긴 지도자 하나 잘못 만나서 국민은 자신의 의지와 상관없이 가해자가 되고 전범국가가 되었다. 국민 탓이 아니라 위정자 탓이다. 그런 곳이 세르비아뿐이겠는가.

멀리서 찾을 것도 없이 우리 동포인 북한이 그렇지 않은가. 6·25 전쟁을 일으켜 수백만 이산가족을 만들었다. 아직도 끝나지 않은 시련을 안기고 있는 집단이 반성은커녕 핵무기를 만들어 동포인 남한을 위협하며 있는 대로 몽니를 부리고 있는 실정이다.

그때 코소보 아이들이 전쟁의 상흔을 극복하고 어디선가 건강한 젊은이들로 살아가길 바라는 마음이 간절했다.

유고슬라비아 시절부터 수도였던 이곳 베오그라드는 아직도 정적인 도시 같았다. 그래도 반가운 건 LG 에어컨 실내기가 많이 눈에 띄었고 삼성 스마트폰 광고판이 동유럽에서처럼 이곳 발칸반도 베오그라드 한복판에 당당히 서 있는 게 보기 좋았다.

세르비아 사람들이 지도자 선택의 중요성을 뼈저리게 느끼고 다시는 호전적이고 과대망상 독재자를 추종하는 부끄러운 과거는 만들지 않길 바라는 마음으로 베오그라드를 떠나왔다.

무릇 여행은 가볍게 와서 즐겁게 놀다 가야 할진대 이곳 세르비아에서 너무 많은 의미를 부여했고 곱지 않은 시선으로 세르비아를 쳐다보며 떠나는 게, 아주 조금은 미안한 마음이었다.

이곳으로 다시 여행 올 일이 있을는지 모르지만, 만약 다시 여행 오게 된다면 전범국가 세르비아가 아닌 발칸반도에 있는 여느 동유럽 국가의 하나로 역사와 전통, 그들만의 풍습을 엿보며 편안히 이곳저곳을 거닐어 보리라.

나태주 시인이 노래한 풀꽃처럼, 자세히 보아야 예쁘고 오래 보아야 사랑스러운지 알아도 볼 겸 말이다.

베오그라드여, 안녕!

집 나가면 개고생? Oh, no!

보스니아
헤르체고비나

사라예보 가는 길

세르비아는 한나절 관광으로 끝이 나버렸다. 그야말로 주마간 산이지만 세르비아에서 나는 머리에 쥐가 날 정도로 많은 생각이 머리에 뱅뱅 돌았다. 체코슬로바키아처럼 그렇게 쿨하게 아름다운 이별을 할 순 없었을까. 1993년 체코인은 체코를, 슬로바키아인은 슬로바키아를 나눠 가지고 각자 독립을 하였다. 유고슬라비아도 그렇게 같은 민족끼리 분리 독립하였더라면 싸움도 일어나지 않았을 것이다. 세르비아는 그것을 용납하지 않고 덩치 큰 연방공화국을 유지하려 했다. 다른 민족들의 독립을 방해했기 때문에 빚어진 전쟁이니 세르비아가 원흉이라고 할 수 있다. 역사를 뒤적여 보면 실제로도 세르비아 민족은 기질이 호전적이었다.

세르비아를 떠나 보스니아 국경에 다다랐다. 지난번 동유럽 여행 때는 센겐협정으로 국경 통과는 여권을 제시하지 않아도 무사 통과였는데 발칸반도 국가들은 아직도 반목 때문인지 센겐협정에 가입되지 않아서 국경 통과 때마다 반드시 버스에서 내려 여권을 심사받아야 했다. 세르비아 국경에서 출국 도장을 찍고 다시 10m 정도 걸어와 보스니아 국경에서 입국 심사를 받았다. 한 나라에서 다른 나라로 건너왔다는 게 조금도 실감이 나지 않았다.

보스니아의 정식 국가 명칭은 〈보스니아 헤르체고비나〉이다. 두 나라 같지만 엄연히 한 나라이다. 그냥 줄여서 보스니아로 많이 불린다.

수도는 사라예보이며 보스니아는 북부지방이고 헤르체고비나는 남부 지역에 해당 된다. 우리가 탄 버스는 국경을 통과하고 수도 사라예보까지 곧장 달렸다. 산길을 굽이굽이 돌아 우리나라 강원도 두메산골 같은 곳으로 끝없이 들어갔다.

우리나라 떠나올 때 집 뒷산에 아카시아가 막 꽃망울을 터뜨려 향기를 제대로 맡지 못했는데 이곳에서 아카시아꽃이 지천이라 원 없이 구경할 수 있었다. 산길 후미진 도로에 아카시아꽃이 흐드러지게 피어 유리창을 스쳐주니 먼 여행길에 적잖이 볼거리, 위안거리가 되었다.

그런데 아까부터 계속 의문이 드는 게 있었다. 보스니아 농촌에는 폐가가 허다했다. 한 집 건너 한 집이 비어 있었다. 돈벌이하러 대도시로 나간 걸까. 아이들 교육 때문에 떠난 걸까. 아니면 보스니아 전쟁 때 총 맞아 다 죽어버린 걸까. 별별 생각이 들었다.

세르비아에서 보스니아 수도 사라예보까지 오달지게 먼길을 달려왔다. 6시간쯤 걸린 것 같다. 저녁 10시쯤에야 사라예보 숙소에 도착했다. 늦은 저녁이라도 안 먹을 수는 없어 시장기만 속였다.

내일 만날 사라예보 관광은 어떤 모습일까 기대하며 잠자리에 들었다.

쉰 이상의 연배에 들어선 한국인이라면 '사라예보'는 아주 특별한 기억 한 자락이 자리하고 있을 것이다. 보너스 같은 아주 기분 좋은 기억 말이다.

1973년 유고슬라비아 시절, 이곳 사라예보에서 제32회 세계탁구선수권 대회가 열렸다. 우리나라 여자대표팀 이에리사, 정현숙, 박미라 선수가 단체전 금메달을 차지해 온 국민에게 '사라예보의 기적'을 선물했다. 작고 가난한 나라의 낭자들이 세계 무대에서의 우승은 세계를 깜짝 놀라게 한 일대의 사건이었다.

그때 우리 국민이 얼싸안고 느꼈던 기쁨과 환희를 어찌 말로 다 하랴. 월드컵 4강보다 더했으면 더했지 못하지 않은 감동이었다. 그 사라예보에 오니, 내가 마치 이에리사 선수라도 된 듯이 감격스러웠다.

예쁜 도시 사라예보

여행 2일 차는 사라예보에서 시작되었다. 밤늦게 도착해 몰랐는데 아침이 밝으니 사라예보의 모습이 제대로 보였다. 산을 깎아 겹겹이 집을 지어 놓아서 의아했다. 사라예보는 평지가 적어서 산에다 집을 지은 거라고 했다. 계단식 붉은 지붕이 산과 잘 어우러져 보기는 좋았지만 산사태가 나지 않을까 염려스러웠다. 한 나라의 수도라고 하기엔 너무 작고 아담했다. 수도 사라예보는 집값이 아주 비싸다고 하는데 어느 나라인들 수도는 집값이 당연히 비싸겠지.

버스에서 내려 '라틴 다리'로 가는 길에 텐트촌이 눈에 들어왔다. 나는 이곳 밀랴츠카 강변에서 캠핑하는 사람들인 줄로만 알았는데 가이드가 '시리아 난민촌'이라고 했다. 한 여인이 서너 살 정도의 딸아이를 안고 텐트 앞에 나와서 햇볕을 쬐고 있었다.

'아, 백팩에 초콜릿과 사탕이 많이 있는데 버스에 두고 내렸구나. 초콜릿과 사탕 한 줌을 저 꼬맹이에게 줬더라면 저 아이는 오늘 하루는 행복할 텐데……'

귀중품만 챙겨서 내리라는 가이드 말에 핸드백만 메고 내려서 난민촌 아이에게 아무것도 줄 게 없어 몹시 안타까웠다.

시리아 내전을 피해 이곳까지 왔을 테지. 이곳 보스니아도 내전을 겪었던 터라 과부 사정은 과부가 안다는 심정으로 난민을 받아들였나 보다. 시리아 또한 위정자들이 잘못이지, 국민이 무슨 죄가 있을까. 시리아에서 태어났다는 것만으로 저렇게 생사를 넘나들며 인간으로서 최소한의 권리도 누리지 못한 채 내일을 꿈꿀 수 없는, 칠흑 같은 삶을 살고 있는 게 아닌가.

우리나라를 헬조선이라고 외치는 사람들에게 저 텐트촌 사람들을 좀 보라고 하고 싶다. 우리가 얼마나 행복한 나라에 살고 있는지를 말이다.

'라틴 다리'는 밀랴츠카 강 위에 우뚝 선 다리가 아니라 아주 평범하다 못해 초라하기까지 한 다리였다. 우리나라 31개나 되는 한강 다리에는 비할 수는 없지만 "에계계!" 소리가 나올 만큼 소박한 다리였다.

이 다리가 제1차 세계대전의 도화선이 된 장소라니 도저히 믿어지지가 않았다.

'아휴, 지겨워라! 이 역사적인 라틴교에까지 누군가가 사랑의 자물쇠를 걸어놓다니……'

당장 부숴서 강물에 던져버리고 싶었다.

1914년 당시 이곳이 오스트리아 지배하에 있었을 때 오스트리아 황태자 부부가 군사훈련을 참관하기 위해 보스니아에 방문 중이었다. 민족주의를 주창하는 보스니아 내 세르비아계 청년에게 황태자 부부가 암살을 당했다. 그러자 오스트리아가 즉각 세르비아에 선전포고를 하면서 전쟁이 시작되었는데 전쟁은 오스트리아와 세르비아만의 전쟁으로 끝나지 않았다. 동맹국과 협상국 간 이해관계가 첨예해지고 곧바로 여러 나라로 번져가며 이른바 제1차 세계대전이 되어버렸다.

제1차 세계대전은 1914년~1918년까지 4년이나 이어졌다. 1918년 11월 11일 독일이 항복하므로써 전쟁은 종지부를 찍었지만 군인 900만 명, 민간인 1,100만 명 등 2천만 명이 죽은 엄청난 비극의 역사를 남겼다.

여담이지만 우리나라에서 11월 11일은 '빼빼로 Day'로 야단법석을 떠는 날이다. 누가 초콜릿을 얼마나 받았느냐는 게 경쟁처럼 되어버렸고 초콜릿을 못 받으면 왕따 같은 기분이 되는 날이다.

매년 11월 11일은 우리가 초콜릿 회사 상술에 휘말려 큰 명절이라도 되는 양 북새질을 치는 날이지만 나는 1차 세계대전 종지부를 찍던 날로 기억하고 있다. 이런 나에게 별쭝나다고 할 사람도 있겠지만 필요성이 있든 없든 기억하는 사람도 좀 있어야 하지 않겠는가!

20세기의 끄트머리에서 발칸반도 전쟁을 치른 뒤, 21세기 초장부터 '시리아 내전'이 발발했다. 시리아 내전(민주화 운동)은 자국 내에서 지지고 볶다가 끝낼 수도 있었다. 그런데 지금 8년을 질질 끌어오게 된 것은 순전히 주변 아랍국들의 종교전쟁(시아파와 수니파) 때문이고 거기다 강대국들의 하나둘 개입으로 싸움이 눈덩이처럼 커져 버린 탓이다. 정부군을 돕는 나라, 반군을 돕는 나라로 갈려서 대리전 양상까지 띠고 있는 실정이다.

그 와중에 러시아는 자국에서 생산한 최신형 무기를 시리아에 팔아먹으며 무기 성능을 시험하고 있다니 곱사등이를 밟고 서서 춤을 추는 작태가 아닌가? 이건 강대국으로서 할 짓이 아니고 인간으로서도 할 짓이 아니다.

라틴 다리에 서 보니 100년 전의 1차 세계대전은 흘러가 버린 물처럼 보이지도 느껴지지도 않았지만, 강 건너편 난민촌의 끝없

144

는 텐트 행렬을 보니 아직도 지구촌 어디에선가 전쟁은 활화산인 것 같아서 마음이 아팠다.

한 나라의 수도라면 일반적으로 생각하기엔 으리으리한 고층 빌딩이나 넓은 도로, 광장, 교통체증, 북적이는 사람 행렬을 떠올리게 되지만 사라예보는 수도가 아니라 조그만 지방 도시 같았다. 하지만 오래된 도시가 주는 기품과 단아함은 번쩍번쩍한 현재의 불야성 같은 도시와는 비교가 안 되는 사라예보만의 매력이었다. 과거와 현재가 공존하고 이슬람 문화와 그리스도 문화가 공존하고 슬픔과 평화가 공존하고 아픔과 화해가 공존하는 참한 도시라는 인상을 받았다.

터키식 커피는 어떤 맛일까

라틴 다리를 지나 도착한 해방공원에는 청동의 흉상 하나가 서 있었다. 이곳 보스니아 출신의 소설가 '이보 안드리치'의 흉상이었다. '드리나강의 다리'로 1961년 노벨문학상을 받은 작가였다. 우리나라에는 노벨문학상 받은 작가가 한 명도 없으니 어찌 부럽지 않으랴. 이보 안드리치 흉상을 붙잡고 사진 한 컷을 남겼다. 노벨문학상 작가이거나 무명작가거나 문학을 향한 마음은 같기에 나도 꼽사리 끼는 마음으로 흉상이나마 반가웠다.

자갈 바닥인 '장인의 거리' 바슈카르시아에는 이슬람 분위기의 독특한 매력을 지닌 광장 시장이 있었다. 구리, 주석, 은 등으로

집 나가면 개고생? Oh, no!

만든 온갖 수공예품과 기념품 가게가 즐비하고 터키식 커피를 마실 수 있는 노천카페도 많았다. 시장을 둘러보는 재미가 여간 아니었다.

시장 구경하라고 40분간 자유시간이 주어졌다. 노천카페에서 우리도 터키식 커피를 마셔보려 했지만 허탕을 치고 말았다. 아쉽게도 그곳 카페에서는 유로화를 받지 않고 보스니아 화폐 마르크만 받는다니, 사 먹을 수가 없었다. 시장 내에 환전소가 있긴 했지만 수수료가 비싸서 그만두었다. 터키식 커피가 어떤 맛인지는 궁금했지만 팔지 않겠다는데 도리가 없었다.

"유로 받아요?"라며 카페 몇 군데를 더 기웃거리다 결국 포기하고 말았다. 기념품 가게에 들러 남편이 청동 볼펜 하나를 샀다. 2.5유로를 주고 산 볼펜은 총알 모양으로 앙증맞았다. 볼펜이 필요한 건 아니지만 보스니아를 기억하며 하나쯤 팔아주고 싶었다.

청동 볼펜은 보스니아 전쟁 때 쓰인 탄피로 만든 거란다. 우리에게도 그런 기억이 있다. 6.25 전쟁 때 사용된 탄피를 주우러 다닌 적이 있었다. 전쟁이 끝나고 20년도 더 지났을 무렵 우리 고향 산천에는 탄피와 쇳덩이가 널려 있었다. 우리 또래들은 탄피와 쇳조각을 주워 엿장수가 오면 엿을 바꿔 먹었다. 그 탄피가 어떻게 생겨난 지도 모르면서 우린 오직 엿 바꿔 먹는 데만 정신이 팔려 있었으니 참 철이 없었다.

147

우리는 전후세대(戰後世代)여서 그렇다 치더라도 지금 보스니아에서는 탄피를 녹여 기념품을 만들고 있지 않은가! 전쟁의 참혹함을 상기하자는 것인지, 아니면 밥벌이 수단으로 삼자는 구명수인지 어쨌건 아이러니가 아닐 수 없다.

옆 가게에서 나는 녹색 어깨숄 하나를 골랐다. 약간 쌀쌀한 듯하여 어깨에 둘러보니 주인아저씨가 나와서 "나이스! 나이스!"를 외쳤다. 물건 팔기 위한 아부성 발언이겠지만, 인상이 참으로 맑진 얼굴이었다. 5유로(6,500원 정도)라면 싼 물가가 아닌가.

다시 옆 가게엔 과일이 있었다. 사과, 딸기, 포도, 살구, 체리 등 과일 종류가 많았는데 내가 살구를 만지니까 주인이 뭐라 뭐라 하며 언짢아하는 눈치였다. 말을 알아들을 수는 없어도 대충 낌새로 알 것 같았다.

"거봐, 만지지 말라고 하잖아!" 남편은 과일가게 주인의 말을 마치 알아듣기라도 한 듯 나에게 통역을 했다. 남의 물건을 만졌으니 사야 하지 않겠는가. 살구 1kg, 체리 1kg을 샀다. 이건 분명 횡재였다. 체리 1kg이 4천 원, 살구 1kg이 4천 원 정도였으니…….

우리나라에서 사려면 줄잡아도 3만 원 안팎의 돈은 줘야 할 판이다. 살구와 체리를 실컷 먹고 가리라.

발칸반도 나라에는 우리나라 감나무처럼 흔한 게 체리 나무라고 하니 이렇게 싼 가격으로 먹을 수 있나 보다.

148

구시가지 내 성당, 모스크, 정교회를 두루 살펴봤다. 모스크가 궁금하여 들여다보니 신발을 벗어야 한다길래 문 앞에서만 보다 발길을 돌렸다. 무슬림들이 진지하게 예배를 드리고 있었다. 다양한 종교와 다양한 민족이 어울려 사니 어쩌면 분쟁은 필연이리라. 그건 인간사도 마찬가지겠지. 저마다 자기 것만 최고라고 여기며 서로를 인정하지 않고 존중하지 않으니 사달이 생길 수밖에…….

민족전쟁 종교전쟁 영토전쟁의 종합선물 세트가 발칸반도의 전쟁인 것이다.

큰 건물마다 전쟁 당시의 총탄 자국이 얽둑빼기처럼 선명해 당시의 참상이 고스란히 느껴졌다. 얼마나 두려웠을까? 하루하루 지옥 같은 삶을 어떻게 3년 이상을 견뎌냈을까? 오직 살아남기 위해 얼마나 안간힘을 썼을까? 이제 이곳에서 더이상 전쟁이 일어나지 않기를 바라고 또 바라는 마음으로 사라예보를 떠나왔다.

25년 전 그해 5월에도 오늘처럼 하늘이 저리 푸르렀을까. 그때도 햇살이 저리 눈부셨을까. 사라예보의 오월 하늘은 푸르다 못해 눈이 부셨다.

집 나가면 개고생? Oh, no!

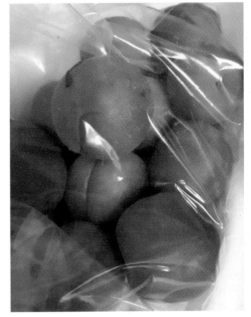

모스타르의 올드 브릿지

　보스니아 수도 사라예보에서 버스로 약 3시간을 달려 도착한 곳이 '모스타르'였다. 모스타르 역시 보스니아 땅이고 헤르체고비나의 서부에 있는 땅으로 예전에는 헤르체고비나의 수도이기도 했다. 아드리아해로 흘러드는 네레트바강 연안에 위치한 도시 모스타르는 영어식으로 표현하면 〈올드 브릿지〉라고 한다. 오래된 다리라는 뜻이다.

　사라예보만큼이나 모스타르도 25년 전 참혹한 전쟁을 치러낸 곳이다. 유고연방군(세르비아)이 침략했을 때 보스니아계와 크로아티아계가 힘을 합해 대항했다. 세르비아계가 항복하고 물러가자 이번에는 크로아티아계가 보스니아의 모스타르 지역을 전쟁

터로 만들었다. 무슬림들을 인종 청소한다며 무차별 학살을 자행
했지만, 크로아티아군의 속셈은 모스타르 지역을 차지하려고 그
런 욕심을 부렸다는 설도 있다. 당시 모스타르에 거주했던 무슬
림들이 엄청나게 죽어 나갔단다.

'올드 브릿지' 즉 오래된 다리는 1993년 11월 크로아티아군들
에 의해 폭파되었다. 3년 8개월간 죽고 죽이는 전쟁이 이 발칸반
도에서 일어났지만 그 전쟁을 기억하는 지구촌 사람들은 얼마나
될까. 하지만 이곳을 여행하는 사람이라면 전쟁의 참상을 간접으
로나마 체험하고 갈 것이다.

〈올드 브릿지〉는 아치형 돌다리로 참으로 매력적인 다리였다.
말로는 설명할 수 없고 직접 건너봐야 그 다리의 매력과 효용성
을 느끼게 되는 것이다. 다리의 바닥이 넓적한 돌로 이어져 무척
이나 미끄러웠다. 특히 비 오는 날이면 미끄러워 넘어지기 십상
이겠다. 이 튼튼한 돌다리를 크로아티아군이 폭파시켰다가 국제
유네스코의 도움으로 2004년에 복원되었다고 한다.

다리를 건너는 중에 수영복 입은 청년이 다리 위에 걸터앉아 있
었다. 다리 아래 강물로 다이빙을 하는 청년인데 그냥 다이빙을
하는 게 아니고 30유로가 모이면 그 묘기를 한번 보여주는 거라
고 했다. 전에는 15유로에도 뛰어내렸는데 이제 30유로를 채워야
한단다. 그날 다이빙쇼는 결국 구경하지 못했다.

다리 밑에 파란 강물이 유유히 흘러가고 있지만 27m 높이에서 뛰어내리기엔 위험천만해 보였다. 30유로가 아니라 300유로라 한들 목숨 걸며 그런 다이빙쇼를 해야 하는지 안쓰러워 보였다. 돈 나올 모퉁이가 죽을 모퉁이라는 게, 동서고금의 진리인가 보다.

다리를 건너오니 본격적인 이슬람풍의 마을이 나타났다. 바닥은 납작하고 반질반질한 돌로만 만들어져 있었는데 미끄러웠지만 자갈길 걷는 재미가 있었다. 보스니아 전쟁 때, 특히 이 지역 이슬람계 사람들은 1차로 세르비아계에게 당했고 2차 때는 크로아티아계에 당했다.

'당하다'는 건 그냥 해를 입거나 놀림을 받는다는 그런 뜻이 아니다. 민족 전체를 무차별 말살하고 인종청소라는 미명하에 크로아티아계가 보스니아계를 도륙하고 무슬림 여성들에게 강간을 해 무슬림들의 씨를 말리려는 만행을 저질렀다. 수십만 명이 목숨을 잃고 수백만 명의 난민을 만들었던 보스니아 전쟁이 가장 치열했던 마을에 와서 보니, 사라예보에서 느꼈던 것처럼 나그네 마음은 안쓰럽고 애잔함에 가슴이 먹먹했다.

발칸 유럽

어찌 잊을 수 있으랴

점심으로 먹은 '체밥취치'는 이 지역의 전통음식이라고 하는데 내 입맛에는 느끼해 맞지 않았다. 그래도 먹어야 구경을 할 수 있기에 퍽퍽한 고기를 꾸역꾸역 먹었다.

점심을 먹고 자유시간이 주어져 이슬람 마을 끝까지 걸어보았다. 기념품 가게에는 구정 뜨개실로 정성스레 짠 수예품이 많았는데 허투루가 아니라 맨드리가 엔간찮아 보였다.

상인들은 동양인인 우리를 보자 "식탁보 사세요"라며 우리말로 호객행위까지 했다. 물건 하나라도 팔아보려고 안간힘을 쓰는 상인들을 보니, 짠한 마음에 하나 팔아주고 싶었지만 여행에 짐이 될 것 같아 그냥 지나쳐 왔다.

집 나가면 개고생? Oh, no!

골목 군데군데 아이스크림 가게가 많았는데 이곳의 아이스크림 맛은 어떨까 궁금했다. 그런데 아이스크림 가게 앞에서 "이거 실화냐?"는 소리가 저절로 나왔다.

본젤라또 아이스크림을 50센트(우리 돈 650원)를 받았다. 가격에 놀라고 맛에 놀랐다. 우리나라에서 먹었다면 3천 원쯤은 줬을 것이다. 착해도 너무 착한 가격이 아닌가! 이렇게 팔아서 뭐 남는 게 있을까 싶어 되레 미안한 마음이 들게 했다.

아이스크림을 먹으며 돌바닥 길을 끝까지 걸었다. 이 거리가 세계문화유산으로 지정된 거리라고 했는데 충분히 그럴 가치가 있다고 생각했다. 1km쯤 걸으니 조약돌 거리가 끝이 나고 시멘트 바닥 길이 나왔다.

모스타르는 예전에 오스만제국(지금의 터키)의 지배를 받았던 곳이라 터키풍의 문화가 그대로 남아 있었다. 나는 터키풍의 이슬람 거리를 걷다 보니 문득 '알리바바와 40인의 도적' '알라딘의 요술램프' 등 〈천일야화〉 속 주인공들이 터번을 쓰고 또는 히잡을 쓰고 길거리를 활보할 것만 같았다. 실제 터키 국기가 게양되어 있었는데, 이곳이 보스니아인지 터키의 어느 지방인지 헷갈릴 정도로 그대로 옮겨놓은 듯했다.

일행들과 만날 장소를 걸어 내려오다 기념품 가게 한구석에 돌로 된 표지석이 있었다. 「Don't Forget 93」이라 새겨져 있었다.

1993년을 결코 잊지 말자는 결연한 각오이리라. 1993년 11월 9일 크로아티아가 보스니아를 공격해 박살을 냈으니 보스니아인들로서는 어찌 잊으랴. 죽어도 절대 잊을 수 없을 것이다.

25년 전, 전쟁이 끝나고 한참 후에 올드 브릿지와 이 아름다운 모스타르 마을은 복원되었단다. 이젠 세계 각국에서 관광객들이 몰려와 제법 흥성거리는 곳이 되었다. 전쟁의 악몽에서 벗어나 서서히 활기를 찾아가는 사람들에게 나는 철저히 이방인이지만 진심 어린 박수를 보내고 싶었다.

모스타르 시내에는 아직도 폭격 맞은 건물이 흉물스럽게 그대로 방치되어 있었는데 예산이 없어 재건할 엄두도 못 내고 있단다. 구멍이 숭숭 뚫리고 반쯤은 무너진 채 언제 재건될지도 모르는 기약 없는 건물은 무척 위험해 보였다.

차를 타고 오다가 모스타르시 외곽에 끝없이 줄지어 선 공동묘지가 보였다. 모두 25년 전 전쟁 때 죽은 사람들이라고 했다. 묘지에 묻힌 사람들보다 묻히지 못한 사람들이 훨씬 많다고 하니 전쟁의 참상은 과거, 현재, 미래까지 끝이 없다는 걸 느꼈다. 마음이 짠해졌다.

모스타르 마을을 떠나 크로아티아로 향하는 차 안에서 바라본 네레트바강은 옥빛으로 정말 맑고 깨끗했다. 헤르체코비나에서

집 나가면 개고생? Oh, no!

아드리아해로 흘러가는 강이라는데, 이 아름다운 강이 핏빛으로 물들었던 때도 있었다니 생각만 해도 몸서리쳐질 일이다. 보스니아를 떠나오면서 한동안 멍하니 창밖만 쳐다보았다.

어떤 복불복

강을 따라 약 3시간을 달려 도착한 네움에 숙소가 있었다. 우리 일행 모두는 이제 크로아티아 땅으로 들어온 거라고 생각했는데 네움은 크로아티아 땅이 아니라 보스니아 땅이라고 했다.

네움 지역은 아드리아 해변 21km를 지니고 있어 보스니아가 내륙국가에서 벗어날 수 있는 아주 소중한 지역이란다. 물론 보스니아 입장에서만 말이다. 반대로 크로아티아는 이 21km의 네움 지역 때문에 국토가 두 동강인 셈이다. 본토와 두브로브니크 사이에 네움 지역이 샌드위치처럼 끼어 국토를 갈라놓고 월경지(越境地)를 만들어놨으니 크로아티아에게는 네움이 눈 위에 혹이겠다.

집 나가면 개고생? Oh, no!

그러거나 말거나 그건 두 나라의 문제고 우리가 머물 네움의 숙소는 말로는 다 할 수 없는 아름다운 해안가 마을 언덕에 자리하고 있었다.

숙소에 들르면 늘 가이드가 정해준 방 열쇠를 받아 들어가는데, 오늘만큼은 직접 방을 선택할 수 있는 권한을 우리에게 일임했다. 왜냐하면 우리 일행이 묵을 12개의 방 중에 6개는 아드리아해가 보이는 전망 좋은 방이고 나머지 6개는 바다가 보이지 않는 뒤쪽 건물의 구석방이었다.

그래서 가이드가 정해주면 누구는 전망 좋은 곳을 주고 누구는 골방을 주느냐고 불만할 것이므로, 복불복으로 방 열쇠 12개를 병에 꽂아놓고 선택하라는 것이다. 방 열쇠만으로는 어느 방이 바다가 보이는 알짜 방인지 쭉정이 방인지 알 수 없는 상태였다.

1층 프런트에서 치열한 신경전이 시작되었다. 어느 팀이나 마찬가지겠지만 나도 간절한 마음을 담아 열쇠 하나하나에 신경을 곤두세웠다. 나의 찍기 실력은 가히 자타가 공인한 터라, 남편이 나를 대표선수로 내세운 것이다.

여담이지만 여고 때 친구들 사이에 나는 찍기의 전설로 남아있다.

우리가 학교 다닐 땐 예비고사 세대로, 학교에서 모의고사를 치를 때 일이다. 요즘은 절대 그렇지 않겠지만 그때 모의고사는 수학이 25문제였고 올 4지 선다형이었다. 하나에 2점씩 25문제를

161
___
발칸 유럽

다 맞히면 만점인 50점이 되는 것이다. 그때나 지금이나 문과반 여학생들에게 유독 수포자(수학 포기한 사람)가 많았는데 나 또한 수포자였다.

시험문제를 풀지도 않고 바로 찍기에 들어가니 수학시험은 5분이면 충분했다. 그렇게 5분 만에 내가 17개를 찍어 34점이 되었다. 수학 좀 하는 애들보다 더 맞히고 보니 소문이 퍼져 나에게 찍기의 비결을 물으러 온 친구들도 있었다. 비결이 뭐 있겠는가, 그냥 감으로 운으로 찍는 거지!

그건 40년 전 케케묵은 이야기이고, 오늘 나는 꼭 알짜배기 방 열쇠를 뽑아야 한다. 내 찍기 실력이 아직 녹슬지 않았다는 걸 보여줘야 하는데……

내일까지 이틀을 이 숙소에서 묵는다니 더더욱 좋은 방을 뽑아야 한다. 드디어 뽑아 든 열쇠로 이 층으로 올라가 방문을 열었다.

아! 감탄사밖에 더 말이 필요 없었다. 내가 늘 꿈꿔오던 방! 창문 너머로 바다가 한눈에 들어오는 그런 방에서 한번 자는 게 내 오랜 바람이었다. 오늘 아드리아해가 한눈에 펼쳐진 방을 쓸 수 있는 행운에, 아마 오늘 밤은 잠들지 못할 것 같다.

천애이역 네움 땅에서 무엇을 하더라도 시간이 아까울 지경이었다. 에메랄드빛을 품은 아드리아해 바다를 보면서 나는 오늘 로또를 맞았다고 생각했다. 숙소 발코니에 앉아 우두커니 아드리아해를 바라보았다. 하도 아름다워 그냥 침묵하고만 있었다.

저녁을 먹고 남편이 동네 산책을 나가보자고 했다. 동네 해안 카페에서 아드리아해를 바라보며 우리는 카페라떼 한잔을 마셨다.

훗날 이 세상 소풍 끝나는 날에 아마도 나는 이 시간을 떠올리게 될 것이다. 삶의 긴 여정에서 가장 행복했던 순간을 꼽으라면 나는 주저 없이 '발칸의 보스니아 땅끝마을 네움에서 아드리아해를 바라보며 해넘이 커피를 마셨던 순간'이라고 말하리라.

'Let me be there' 올리비아 뉴튼 존의 노래 가사에 〈나 거기에 있게 해주오〉라고 한 것처럼 나도 이곳 네움 땅을 그리워하면서 말이다.

크로아티아

아, 두브로브니크!

여행 3일 차 첫 방문지는 크로아티아의 랜드마크인 '두브로브니크'였다. 네움의 숙소에서 버스로 1시간 30분가량 달려가니 두브로브니크가 모습을 드러냈다. 여행사들이 크로아티아 상품을 팔 때 대문에 걸어두는 사진이 바로 두브로브니크이다.

백문이 불여일견! 가히 명불허전이었다.

"분명 오늘 여러분들의 핸드폰 대문 사진이 바뀔 겁니다!" 가이드가 말했는데 우리 가이드님 돗자리 깔고 앉아도 될 듯하다. 나도 남편도 두브로브니크 사진을 핸드폰 메인 창에다 깔았다.

스르지산 전망대에 올라가야 두브로브니크 전체를 제대로 볼 수 있기에 우리 일행은 케이블카 대신에 현지의 밴을 대절해 산

정상까지 올랐다. 케이블카를 타려면 1시간씩을 기다려야 한다니 어쩔 수 없는 일이었다. 밴을 모는 기사가 운전을 어찌나 거칠게 하던지 좀 겁이 났다.

스르지산 전망대에서 아드리아해를 끼고 있는 두브로브니크 성은 한 폭의 그림, 아니 포토 엽서 그 자체였다. 쪽빛 바다 위에 붉은 지붕이 어우러져 절묘한 조화를 이룬 모습에 모두 감탄사만 연신 쏟아냈다.

남는 게 사진이라며 일행들은 어딜 가나 사진 찍기에 여념이 없지만 나는 가슴으로 머리로 사진을 찍느라 일행들보다 늘 한 템포 느릴 수밖에 없었다. 카메라로 찍는 사진은 가장 사실적이지만 감동까지는 찍히지 않으니까 말이다.

스르지산을 내려와 배를 타고 두브로브니크 성벽을 유람선으로 한 바퀴 도는 투어가 있었다. 유람선에 오르고 보니 두브로브니크 성이 바다 위에 붕 떠 있는 것 같은 착각이 들게 했고 작은 섬처럼 보이기도 했다. 성벽 뒤쪽 바위에는 여름이면 자연적으로 누드 비치가 생겨난다는데 아직은 5월이라 다행히 누드족은 보이지 않았다. 나는 아주아주 다행이라 생각하지만, 관음증 비슷한 걸 본능적으로 가진 남자 관광객들에겐 어쩌면 아쉬울 수도 있겠다. 만약 7~8월쯤에 왔다면 누드족이 당연히 있었을 것이고 남자들은 좋은 구경 놓칠세라 카메라 줌을 있는 대로 다 당기며 난리

집 나가면 개고생? Oh, no!

부루스를 추겠지. 안 봐도 그림이 그려지니 어쩌랴.

약 1시간가량 소요되는 유람선 투어는 방향에 따라 두브로브니크 성의 각기 다른 매력이 숨어 있었다.

아! 이 시간 꼭 필요한 노래가 있다. 바로 팝가수 로드 스튜어트 특유의 걸쭉한 허스키 목소리로 듣는 'Sailing'이다. 불러 줄 사람도 없고 핸드폰 동영상으로 듣는 방법이 있긴 하지만 데이터 로밍 차단이 되어 있어 이것도 불가능이다. 배가 고픈데 먹고 싶은 것을 못 먹는 기분과 별반 다르지 않았다. 아드리아해 유람선에서 듣는 Sailing은 어떤 기분일까? 미치도록 듣고 싶었지만 아쉬움을 뒤로 하고 배에서 내렸다.

보트의 선장이 "천천히, 천천히 내리세요!" 우리말을 제법 또렷하게 했다. 얼마나 한국 관광객이 많으면 현지인들이 우리말을 배워 저렇게 능숙하게 사용할까. 어쨌든 우리말을 할 줄 아는 외국인이 많다는 것은 백번 좋은 일이 아닌가!

점심은 현지식 해물 스파게티였는데 면이 삶은 지 오래 되어서인지 불어 터져 맛이 없었다. 해물이라고는 홍합 몇 개가 전부였다. 식사하러 오는 관광객들이 넘쳐나자 '빨리빨리 먹고 좀 나가 줄래?' 식당 종업원들의 표정이 딱 그런 표정이었다.

열에 한 맛도 없는 점심을 먹은 뒤 우리 일행들은 세상에서 최고로 맛없는 스파게티를 먹었다며 툴툴댔다. 오늘 점심 맛은 단연 바닥 첫째가 아닌가! 밥이 먹고 싶다는 생각이 처음으로 들었다. 그것도 잘 익은 김장 김치에다 쌀밥 한 그릇 말이다. 너무 욕심이 과했나.

오전은 성 밖을 투어했고 오후는 성안을 투어할 차례였다. 성안에는 각국에서 온 관광객들로 붐볐다. 성안이 얼마나 클까 싶겠지만 그 안에는 온갖 건물이 골고루 다 포진해 있다. 성안에만 살아도 뭐 딱히 부족한 게 없을 것 같았다. 있을 건 다 있으니 말이다.

술집, 카페, 레스토랑, 슈퍼마켓, 옷가게, 가방가게, 잡화점 등 여러 가게는 물론 16개의 얼굴 표정을 지닌 오노폴리오 분수, 순백의 대리석으로 빛나는 루자 광장, 성 블라이세 성당, 궁전, 마을까지 하나하나 다 살펴보려면 하루해가 모자랄 판이었다.

크로아티아는 보스니아 물가와는 비교도 안 될 만큼 모든 게 비쌌다. 자유시간이 주어져 노천카페 파라솔 밑에 앉아 잠시 쉬고 있으니 득달같이 주문을 받으러 왔다. 하는 수없이 커피 두 잔을 시켰는데 한 잔에 3유로씩 달라고 했다. "비싸요!"라고 했더니 그러거나 말거나 그건 네 사정이고 돈이나 빨리 달라는 시늉이었다. 그나마 화장실을 무료로 쓸 수 있어서 커피값에 화장실 사용료까지 보탰다고 생각하니 덜 억울하였다.

두브로브니크는 성벽 위를 걸을 수 있게 해 놓았다. 성벽 위 망루대에서 바라보니 코발트빛 바다와 빨간 지붕의 경계선이 어딘지 알 수 없게 끝없이 펼쳐져 있었다.

영국의 극작가 버나드 쇼가 그랬다고 한다. "살아서 천국을 보고 싶다면 두브로브니크에 오라."

빨간 지붕의 모습이 중국 북경 경산공원에서 바라본 자금성의 끝 간 데 없는 황색 지붕을 연상케 했다. 다시 올 수 없는 시간이 째깍째깍 흘러가는 게 왜 그리도 아쉬운지. 마치 좋은 사람과 있을 때 자꾸만 시계를 쳐다보며 시간이 아주 천천히 가길 바라는 그 마음처럼 말이다.

버스를 타고 다시 어제 묵었던 숙소로 왔다. 아드리아해가 눈앞에 펼쳐진 숙소 발코니에서 조용히 내가 살아온 시간들을 관조해 보았다. 영어로 〈Present〉 현재라는 뜻과 선물이라는 뜻이 있다. 나는 지금 현재 살아있음을 선물이라 생각한다.

이렇게 여행 올 수 있는 생활이 감사하고 노후 걱정이 없어 감사하고 남편이 드리운 그늘에서 세파에 부대끼지 않고 전업주부로 편하게 살아왔음에 감사하고 든든하게 나의 버팀목이 되어주는 두 아들이 있음에 감사하고 우리 새 식구가 되어준 예쁜 며느리가 감사했다. 감사할 일이 이렇게도 많단 말인가. 감사만큼 좋은 단어가 어디 있는가! 사랑도 감사하는 마음에서 비롯되는 것을……

바다가 불러 주는 노래

4일 차 첫 방문지는 '스플리트'였다. 스플리트는 크로아티아에서 두 번째로 큰 도시란다. 지중해성 기후로 유럽에서 태양이 가장 강한 도시 중의 하나라고 하니 선크림을 덕지덕지 바르고 나섰는데도 역시 햇볕이 따가웠다. 세계문화유산에 등재된 디오클레시안 궁전에도 두브로브니크처럼 교회, 상가, 광장, 마을 등 없는 것 빼고는 다 있을 정도의 큰 성이었다. 바쁘게 열심히 역동적인 크로아티아 사람들이 어딜 가나 느껴졌다.

궁전의 뒤쪽으로 시장이 있는 방향으로 나오니 꽃가게, 과일가게, 채소, 소시지 등 싱싱한 물건들로 시장은 활기를 띠었다. 우리 한국 사람들이 가장 유혹받는 곳은 역시 과일가게였다. 이곳도 체리 1kg에 5천 원 정도였는데 어찌 그냥 지나칠 수 있으랴. 떡 본 도깨비처럼 일행 모두는 체리가 가득 든 봉지를 들고 걸어나왔다.

"체리나 실컷 먹고 가자. 먹다가 배 터져도 그냥 먹자. 먹고 죽은 귀신은 때깔도 좋다더라." 어떤 이의 말에 동감의 의미로 유절쾌절 다들 한바탕 웃음꽃을 피웠다.

스플리트 해변에 죽 늘어선 야자수가 운치를 더했다. 배가 정박해 있는 바다도 바닥이 훤히 보일 만큼 깨끗했다. 우리나라 부둣가에는 물이 탁하고 기름마저 둥둥 떠다니는데 아드리아 바다는 어디서든 쪽빛 그 자체였다.

스플리트를 떠나 트로기르로 가는 1시간가량을 어찌나 달게 잤는지 가이드가 깨워서 다들 일어났다. 여행에서는 잠도 꿀맛이다. 쪽잠만 한 비타민은 없다. 쪽잠이 바로 보약인 셈이다.

"차에 수면제를 뿌려놓았나 봐. 앉으면 잠이 오는 것 보니." 정말 그런 거 같다며 뭇웃음이 터졌다.

트로기르의 '성 로브로 성당' 입구에는 헌걸찬 남성 4인조 가수가 서 있었다. 말끔히 차려입고 장전된 탄알처럼 언제든지 노래를 부를 준비가 되어 있는 듯 보였다. 우리 가이드가 노래를 청하자 가수들은 열심히 노래를 불러 주었다. 남성 4중창의 화음이 듣기 편안했다. 집시풍의 노래였는데 음악의 문외한으로서 평가하기는 어쭙잖지만 그들의 노래에서 묘한 슬픔이 배어 나왔다. 노래가 끝난 뒤 CD를 팔아달라고 했다. 역시 공짜가 아니었다. 서로 눈치만 보고 있는 듯하여 남편이 15유로를 꺼내 CD 하나를 구입했다. 노래 감상한 값은 내야 할 것 같아서.

아마 한국에 가서 이 CD를 듣는다면 지금 느끼는 묘한 슬픔의 감정은 없을 것이다.

파블라 광장, 시청사를 지나니 야자수 거리가 그림 같았다. 트로기르를 떠나 자다르 가는 길은 포도밭이 많았다. 그런데 자다르의 바다는 그냥 평범한 바다가 아니라 바다에서 오르간 소리가 난다고 했다. 바다가 어떻게 오르간을 연주할 수 있으며 바다에 무슨 음악 소리가 날까? 가이드의 말이 도깨비소리 같아서 우스개로 하는 소리인 줄 알았다.

늦은 오후 자다르 바다에는 해걷이바람이 불어 꽤 쌀쌀했다. 다들 옷깃을 세우고 법석을 피웠다. 나는 사라예보 시장에서 샀던 어깨숄을 펴서 온몸에 휘감았다. 제법 바람막이 구실을 해주었다. 자다르의 검푸른 바다에서는 정말 음악 소리가 들렸다.

알프레드 히치콕 영화감독이 이곳을 다녀가면서 "세상에서 가장 아름다운 석양이 자다르에 있더라."는 말을 남겨서 더욱 유명해졌다고 한다.

바다 오르간은 그냥 소리 나는 게 아니라 한 설치 예술가의 기발한 아이디어로 만들어진 것이란다. 75m 길이의 바닷가 산책로를 따라 높낮이가 다른 36개의 파이프를 설치하여 그 속으로 파도가 드나들며 파도의 세기에 따라 제각기 다른 소리를 내는 원리이다. 설치 예술가 니콜라 바시츠의 작품으로 자다르가 더욱 유명한 관광지가 된 거라니 한 사람의 아이디어가 한 도시를, 한 나라를 먹여 살리는 것과 같으니 놀라울 따름이었다.

뿌뿜 뿌. 빠밤. 빠밤. 뿌……. 인공과 자연이 합쳐져 나는 이 소리를 자다르 바다에서만 들을 수 있다니 관광객이 몰려오는 게 아닌가. 바다 연주 소리가 없다면 자다르 바다는 그저 평범한 바다에 불과했을 테지.

좀 아쉬운 건 '태양의 인사' 센서에 불이 다 들어오기 전에 우리 일행은 그곳을 떠나야 했다. 저녁 시간엔 저녁을 먹어야 한다며 갈 길이 바쁘다고 재촉했다.

30분쯤 달려 숙소를 찾아가는데 버스 기사가 길을 잘못 들어서 되돌아 나오기를 반복했다. 유턴하기엔 너무 큰 버스라 조그만 시골 동네 공터에서 쩔쩔매고 있었다. 기사가 초보인가, 아니면 길이 좁고 험한가, 자꾸만 제자리를 맴돌았다. 마침 그곳을 지나가던 한 소년이 길을 멈추고 차를 후진, 전진을 손짓으로 도우며 무사히 도로 위로 빠져나올 수 있게 도와주었다.

우리 일행은 소년에게 고마움의 표시로 손을 흔들며 "얘! 넌 복 받을겨!"라고 말해 주었다. 저물녘 크로아티아에서 어느 소년의

친절 덕분에 무사히 숙소에 올 수 있었다.

숙소 근처에 다다랐을 때 갑자기 굵은 비가 쏟아졌다. 날씨가 좋아서 가져간 우산이 거치적거릴 정도였는데 이제 우산을 펴야 할 것 같다. 그래도 숙소에 도착해서 식당으로 향하는 짧은 시간만 비를 만났으니 얼마나 다행인가.

밤새껏 빗소리가 창문을 두들겼다. 작달비가 장시간 이어졌다. 나는 비를 무척 좋아하지만 여행 중에 비는 조금도 달갑지 않다. 아니 훼살꾼으로 밉상스럽기까지 하다.

가을바람 속에 괴롭게 시만 읊노라
이 세상에 날 알아주는 이 별로 없으니
창문 밖에 내리는 한밤중의 빗소리 듣노라니
등잔 앞에서 만 리 밖 고향으로 달려가는 이 마음

고운 최치원이 당나라 유학 때 지은 한시(漢詩) 추야우중(秋夜雨中)이 불쑥 떠올랐다. 심란한 마음을 주체할 길이 없어서일까, 뜬금없이 지금 상황과 아무 상관도 없는 시조까지 떠올리고 있는 게 아닌가. 가을밤도 아닌 봄밤에 말이다.

빗소리가 심란해 이역만리에서 잠 못 드는 나그네가 되어버렸다. 빗소리에 심란해 본 적은 아마도 4~50년 전에 소풍 가는 날

말고는 없으리라. 자다르의 시골 마을 숙소에서 나는 밤늦도록
〈비야 비야 오지마라. 콩 볶아 주꾸마!〉 어릴 적 소풍 전날 불렀
던 주문을 외며 가까스로 잠이 들었다.

'내일 아침엔 맑아야 할 텐데, 그래 맑겠지.'

살아보고 싶은 나라 크로아티아!

유럽 날씨는 예닐곱 계집아이 변덕과 같다더니, 아침해를 보니 그 변덕을 알 것 같았다. 아니 그 변덕이 아주 고마울 따름이다.

일행 중 한 분이 "나는 여행 중 여태 한 번도 비를 만난 적이 없어요!"라며 의기양양했는데 그분의 운을 받아서일까, 아니면 간밤의 내 간절한 주문이 통해서일까? 날씨는 더없이 맑았다. 아주 말끔히 세수한 싱그러운 얼굴의 해님이 방긋 웃었다.

5일 차 아침, 크로아티아 여행의 백미라고 일컫는 플리트비체 국립공원으로 간다고 했다. 과연 어떤 곳이길래, 얼마나 또 놀라게 해줄지 자못 기대가 되었다. 가져온 옷 중에 가장 두꺼운 옷으로 입고 나오라는 가이드의 말에 얇은 패딩과 숄까지 준비했다.

국립공원 안으로 들어서니 서늘한 공기가 사정없이 옷 속으로 파고들었다. 상쾌하다 못해 한기가 돌았다. 거대한 폭포가 장관을 이루고 거대한 호수에는 물감을 풀어 놓은 듯 에메랄드빛이 흘러 넘쳤다.

'세상에 이런 곳도 있단 말인가! 이건 인간 세상이 아닐 거야.'라는 생각까지 들었다.

각국에서 모여든 관광객들은 저마다 언어는 달라도 'Oh!' 감탄사는 한목소리였다. 왜 이곳을 버킷리스트 여행지로 꼽는지도 단번에 알 것 같았다. 백문이 불여일견이다. 죽기 전에 이곳을 꼭 봐야 한다는 말에 공감 100%였다.

이렇게 좋은 구경을 나만 하고 있자니 떠오르는 얼굴이 많다. 우리 아이들은 아직 젊으니까 앞으로 얼마든지 이곳으로 여행 올 기회가 있지만 내 피붙이 언니와 우리 큰형님 내외분께서는 언제쯤 이런 구경을 하실는지……. 못 해볼 가능성이 더 많으니 생각할수록 안타까운 마음이었다. 언니는 관절이 안 좋아서 절뚝거리고, 우리 큰형님은 비행기를 잘 못 타시니까 장거리 여행은 꿈도 못 꿀 일이다. 어디 그뿐인가? 플리트비체 경치를 보니 이미 고인이 되신 두 분 어머니들까지 떠올랐다. 생전에 친정어머니와 시어머니는 구경 다니시는 걸 엄청 즐기시지 않았던가. 내가 젊었을 때는 형편이 안돼서 못 보내드렸고 형편이 된 뒤에는 어머니

들께서 연로하고 건강이 안 따라주어 못 가셨다.

　나는 요즘, 건강하게 해외여행 다니는 노인들을 볼 때마다 우리 두 분 어머니께서는 저런 호사를 누려보지 못하고 가신 게 한탄스럽기만 하다. 부모는 자식이 효도할 세월을 기다려주지 않는다고 하는 말이, 플리트비체에 오니 더욱 아프게 다가왔다. 평생 고생만 하셨는데 이런 별천지 같은 세상 구경도 못하고 가셨으니 자식으로서 어찌 죄송스럽지 않을까.

　플리트비체 국립공원은 16개 코스로 나누어져 있다는데 다 돌아보려면 며칠이 걸리는 코스라고 했다. 그러니 그 규모가 어마어마한 것이리라.

　패키지여행 상 마냥 한곳에 머무를 수는 없는 일, 우리 일행은 A 코스로 3시간짜리를 선택해 구경했다. 거대한 폭포에, 에메랄드빛 호수에, 나무다리, 원시림 같은 산길이 나타나는 등 지루할 틈이 없었다. 말 그대로 여기저기서 요정이 툭툭 튀어나올 것만 같은 예쁘고 신비스러운 길이었다.

　산길에 고사리가 지천이었다. 꺾어서 삶아 먹기 딱 알맞아 꺾고 싶은 욕심이 났다. 이곳 사람들도 고사리를 나물로 먹을까? 아마 먹지 않을 것이다.

　산길을 지나 선착장에 도착했다. 배를 타고 돌아나가는 코스였다. 하늘에 해가 떠 있는데 비가 흩뿌렸다.

집 나가면 개고생? Oh, no!

'세상에! 크로아티아에서 여우비를 만나다니······.'

넓디넓은 호수를 유람선 타고 건너오니 맑은 물속에서 오리 떼가 놀고 있었다. 팔뚝만 한 송어 떼도 물 반 고기 반으로 떠다녔다.

'아, 이런 천혜의 관광자원을 가진 크로아티아는 얼마나 좋을까?' 플리트비체를 돌아 나오면서 나는 크로아티아가 정말 부러웠다. 다음 세상에 다시 태어난다면, 이곳 플리트비체가 있는 마을에서 태어나고 싶었다.

만약에 나에게 초능력이 있다면 이 플리트비체 국립공원을 통째로 한국 땅에 옮겨놓고 싶다는 생각마저 들었다. 굴뚝 산업을 아무리 혀 빠지게 돌리면 뭐하나? 이런 관광자원 하나만으로도 전 세계에서 바리바리 돈 싸 들고 몰려올 텐데. 크로아티아는 황금알을 낳는 거위가 참으로 많았다. 그래서 미치도록 부러웠다.

정녕 여기가 과거 유고슬라비아 땅이었단 말이지.

"우리 이 국립공원 안에 집 한 채 짓고 살았으면 좋겠어요." 남편이 씨익 웃으며 그럴 수만 있다면 얼마나 좋겠냐고 응수했다. 이곳에서 살면 내 몸에 닥지닥지 붙어있는 병들이 저절로 다 떨어져 나갈 것만 같았다.

집 나가면 개고생? Oh, no!

휴식이란 바로 이런 것, 이런 곳!

플리트비체 국립공원을 나와 송어구이로 점심을 먹었다. 특식이라는데 입 짧은 내 입에는 꽤 비릿했다.

플리트비체에서 30분 거리에 있는 '라스토케'로 이동했다. 케이블 TV에 '꽃보다 누나'를 촬영한 곳이라 해서 무척 궁금했다. 나는 TV를 다 챙겨보지 않았으니 라스토케에 대한 기대로 꽉 차 있었다.

라스토케는 '천사의 머릿결' 뜻이란다. 약 30분 만에 도착한 라스토케에서 다시 감탄사를 연발했다. 마을 어귀엔 아카시아꽃이 만발해 숨이 막힐듯한 향기를 내뿜고 마을 곳곳에는 큰 폭포, 작은 폭포가 집들과 조화를 이루며 그림 같은 풍경을 보여주었다.

집 나가면 개고생? Oh, no!

어느 곳을 찍어도 캘린더 화보가 될 것 같고 동화 속에 등장하는 마을이 바로 이곳이 아닌가 싶었다.

'꽃보다 누나' 팀의 숙소가 있었던 집 앞에 우르르 몰려가 사진을 찍었다. 노란 장미가 만발해 꽃 속에 싸인 집이었다. 라스토케 마을에서 자유시간이 주어져 마을 이곳저곳 돌아다니며 사진을 찍었다.

올해 초봄에 안동 하회마을에 갔던 생각이 났다. 아마도 라스토케가 크로아티아판 하회마을이 아닐까 싶었다. 카페, 레스토랑, 기념품 가게, 물방앗간 있을 건 다 있었다. 가격이 비싼 게 흠이긴 하지만.

이곳의 물방앗간은 예부터 아주 유명하다고 한다. 두브로브니크에서 달마티아 해변을 따라 배로 곡식을 싣고 와 이곳 라스토케 물방앗간에서 빻아갔다니 60여 가구에 집집마다 물방앗간이 다 있을 정도였단다. 하지만 요즘은 거의 사라지고 세 곳만 방앗간 기능을 한다고 했다. 동네 곳곳에는 송어 양식장이 있어 맑은 물에 뛰노는 고기 떼를 보니 자연도 사람도 모두 축복받고 사는 양 부러웠다.

아! 이런 마을에서 사시사철 맑은 공기 들이마시며 폭포 소리를 자장가 삼아 사는 사람들은 전생에 나라를 몇 번 구한 사람들일까? 요정의 마을을 떠나오기가 너무 아쉬웠다. 한 달만 이곳에

'살아보기' 좀 해봤으면…….

플리트비체와 라스토케는 도시마다 흔히 보는 성당, 교회, 시청사, 광장 등 판에 박은 구경이 아니라 그냥 세상 근심 걱정 다 내려놓고 눈과 귀를 호강시키며 힐링하는 데만 신경 쓰면 되는 곳이다. 보고 있어도 보고 싶다는 말을 이곳에서 사람이 아닌 자연에서 처음으로 그런 감정을 느껴봤다.

세상살이에는 절대 공짜가 있을 수 없으며 누구나 고만고만한 근심, 걱정을 안고 사는 게 아닐까? 말을 안 해서 그렇지.

그렇다고 먼길 돌아 여행을 와서까지 만리수로 머리를 어지럽힐 이유가 있겠는가. 명경지수로 무념무상 하기엔 라스토케가 딱 어울리는 장소일 것이다.

라스토케 마을에서 가장 잘 어울리는 노래가 있다면 바로 폴란드 민요인 '아가씨들아' 일 것이다. 이 마을엔 풀을 베고 나무를 하고 노래를 하는 그런 아가씨들이 어쩌면 살고 있을지도 모르겠다.

어떤 이는 이 마을을 슈베르트의 '아름다운 물방앗간 아가씨'가 더 어울린다고 말할지 모르겠다.

발칸 유럽

슬로베니아

상상 그 이상의 슬로베니아

이제 크로아티아를 떠나 슬로베니아로 이동한단다. 발칸반도에서 GDP가 가장 높은 나라, 유고연방에서 떨어져 나와 가장 먼저 선진국을 향해가는 작지만 강한 나라가 슬로베니아다. 크로아티아에서 슬로베니아의 트레브네 숙소까지는 약 3시간이 소요된다고 했다.

버스에 오르자마자 다들 곤한 잠에 취해 있었지만 나는 차창 밖으로 스쳐가는 풍경도 아까워 눈으로 담았다. 여행의 막바지에 올수록 아쉬움이 몰려왔다. 들판에 감자 심고 완두콩 심고 오이 심고 토마토 심고 조금씩 조금씩 다른 작물을 심어 놓은 걸 보니 땅을 놀리지 않고 야무지게 이용하는 게 우리나라 같다는 생각을 했다.

동유럽의 여타 나라와 다르게 자투리땅도 다 이용하는 알뜰한 사람들이 아닌가. 그런데 특이한 건 전봇대였다. 시골 들판을 가로질러 죽 늘어선 전봇대는 콘크리트 전봇대가 아닌 나무 전봇대였다. 생소하면서도 익숙한 전봇대였다.

1970년대 우리나라 시골에서도 나무 전봇대를 많이 썼다. 콘크리트 전봇대보다 나무 전봇대가 더 싸게 치는 게 아닐까. 묘한 향수를 불러낸 나무 전봇대를 하나둘 세다 보니 100개가 넘었다. 슬로베니아 숙소에 도착하니 어슬녘이 다 되었다. 내일은 또 어떤 풍광이, 어떤 감동이 기다리고 있을지 슬로베니아의 관광이 기대가 되었다.

슬로베니아 트레브네에서 여행 6일 차를 맞았다.

슬로베니아에서 가장 유명한 포스토이나 동굴을 찾아가는 길에 무엇을 상상하든 상상 그 이상이라고 가이드가 말했다. 나는 우리나라 동굴을 두 번이나 구경해 본 적이 있다. 울진 성류굴과 단양의 고수동굴이다. 어둡고 습한 데다 박쥐들이 날아다니는 등 동굴은 나에겐 그다지 호감 가는 관광지는 아니었다. 울진 성류굴의 화려한 종유석을 봤던 터라 동굴이 뭐 별다를까 싶었다.

동굴 입구에 각국의 국기를 게양해 놨는데 반갑게도 태극기도 보였다. 입장료가 4만8천 원 정도의 만만찮은 액수인데도 포스토이나 동굴 입구엔 구경 온 세계인들로 인산인해였다.

동굴 입구에서 또 다른 수신기 하나씩을 나누어 주었다. 동굴에 관한 설명이 코스마다 일목요연하게 정리되어 있으니 동굴 안에 들어가서 켜라고 했다.

동굴 구경은 먼저 기차를 타고 한참 동안 땅속으로 들어갔다. 기차가 멈춰 선 곳에서 어마어마한 지하 세계가 펼쳐졌다.

동굴의 여왕이라더니 왜 그렇게 불리는지 알 것 같았다. 불가사의라는 말은 이곳 포스토이나 동굴에서 써야 할 말인 것 같다. 세계문화유산으로 등록된 포스토이나 동굴의 크기는 가히 압도적이었다. 21km나 되는 길이라니 우리나라의 동굴이 구멍가게라면 포스토이나 동굴은 대형백화점이라 할 수 있다.

가는 곳마다 수신기가 한글로 안내해 주어서 설명을 쉽게 알아들을 수 있었다. 거대한 지하 세계에서 무엇에 홀린 듯이 사람들은 걸어 다녔다. 그 어마어마한 스케일에 놀라고 자연이 빚어낸 기적에 놀라고 종유석의 아름다움에 놀랐다. 석순은 지금도 계속 자라는 중이라고 하니, 이 동굴은 천년만년 보전되리라.

깊은 동굴 속에서 자생하는 '휴먼피쉬'라는 물고기는 관광객들에게 호기심의 대상이었다. 마치 도마뱀 같아 보여서 나는 쳐다보는 것도 징그럽고 무서워 힐끗 보고는 피해버렸다. 자랑도 흉도 아니지만 나는 별쭝나게도 파충류 포비아다. 도마뱀, 개구리는 물론 특히 뱀을 쳐다보지 못한다. 뱀이라면 아예 기절초풍을 하고 만다. 살아서 움직이는 것이 아니더라도 책 속에 있는 그림이나 사진조차도 쳐다보지 못한다. 그러니 '휴먼피쉬'가 포스토이나 동굴의 마스코트라 한들 나에게는 가까이하기엔 너무나 먼 징그러움의 대상일 뿐이다.

포비아가 노력해서 고쳐질 수 있는 병이라면 정말 노력이라도 하고 싶지만 아무래도 나의 당대에서는 불가능할 것 같다.

약 2시간의 동굴 감상을 마치고 다시 기차를 타고 밖으로 나왔다. 명순응 반응이 왔다. 극장 안에 있다가 밖으로 나왔을 때 처음에는 어리둥절하다 밝은 빛에 점차 순응하는 현상 말이다.

그런데 기차에서 내리니 신기하게도 누가, 언제 찍었는지 개개인의 사진을 찍어 인화를 해 놓았다. 자기 사진을 찾아가도 되고 안 찾아가도 되는데 찾으려면 5유로를 내야 한단다. 내 사진을 찾아보니 아무렇게나 찍혀서 찾고 싶은 생각이 없었다. 잘 나왔더라면 찾았을 텐데…….

집 나가면 개고생? Oh, no!

193

발칸 유럽

호수와 성, 그리고 섬

    포스토이나 동굴 구경을 마치고 다음 행선지는 '블레드'였다. 블레드 성은 우리나라 드라마를 촬영한 곳이라고 했다.

    2017년 겨울, 최근에 방영했던 드라마 〈흑기사〉로 김래원, 신세경 주연의 KBS 수목드라마였다. 드라마가 그다지 인기를 끌지 못해 블레드가 우리나라에서 많이 알려지지 않았지만, 이곳도 무척 아름다운 곳이라 기대해도 좋을 거라고 가이드가 말해 주었다.

    '프라하의 연인' 드라마가 히트하는 바람에 체코의 프라하가 우리나라 사람들에게 한 번쯤 가보고 싶은 환상의 도시가 되었고 예능프로 '꽃보다 누나'가 크게 주목을 받아 크로아티아가 우리나라 사람들에게 가장 가보고 싶은 나라 중의 하나로 주목받고

194

있지 않은가.

'블레드 성'이 크게 각광 받지 못한 게 아쉬울 따름이다. 사실 블레드 성은 과거 김일성이 공산주의 유고연방 시절에 이곳 블레드 성과 호수에 매료되어 여름 휴가를 보냈다고 한다.

'쳇, 좋은 곳은 알아가지고!'

포스토이나 동굴에서 1시간가량 달려오니 블레드 성이 나타났다. 슬로베니아에서 가장 오래된 블레드 성에는 호수와 성, 섬이 절묘하게 어우러져 있어 '발칸의 스위스'라고 불리고 있단다.

블레드 성에 올라가니 마침 공사를 하고 있었다. 요란한 기계 소리와 인부들이 걸리적거리기는 했지만, 성에서 내려다보이는 블레드 호수는 가히 천하절경이었다. 슬로베니아에서 또다시 눈이 호강하는 시간이었다. 어느 방향으로 찍어도 모두가 그림 같은 사진을 선물해주는 곳이니 감탄이 저절로 나올 수밖에……

슬로베니아 북서부의 율리안 알프스 만년설이 녹아 흘러내린 물이 블레드 호수가 되었다. 호수는 성과 섬을 동시에 품고 있는 곳이기에 세계 어느 나라에도 없는 귀한 장소이리라. 성 내부는 박물관처럼 아기자기하게 볼거리가 많았다. 슬로베니아의 역사와 블레드 성의 역사도 한눈에 볼 수 있었다.

11세기 초반에 지어진 블레드 성은 잔잔한 호수 위에 우뚝 선 웅장함이 천혜의 요새처럼 보이다가도 더없이 맑고 고요함이 다른 세상에 온 것 같은 착각에 빠지게 했다.

이 블레드 성이 유고슬라비아 왕가의 여름 별장으로 쓰였고 이곳이 오스트리아 합스부르크 왕가의 지배를 받을 때는 합스부르크 왕족들의 여름 별장이 되기도 했단다. 왕족들이 여름 별장으로 앞다퉈 쓰는 것만 보더라도 블레드 성과 호수가 얼마나 절경인지 짐작이 가리라. 어쨌건 로얄패밀리가 되고 볼 일이다.

성의 내부를 구경하고 나오니 작업복 차림의 남자가 우리를 향해 우리말을 능숙하게 했다.

"이곳 지하에 내려가면 대장간이 있어요. 동전을 만들어 팔아요."라며 지하실로 내려갔다. 대장간에서 일하는 기술자 같아 보였는데 우리말을 어디서 배웠는지 궁금할 따름이지, 기념 동전에 무슨 관심이 있으랴. 그것도 3유로씩 하니 싼 것도 아니었다.

블레드 성을 나와서 블레드 섬으로 갔다. 호수 위에 떠 있는 조그만 섬이 블레드 호수의 화룡점정이었다.

섬으로 가려면 플래트나(나룻배)를 타야 하는데 20명 정도 탈 수 있는 배였다. 10여 분간을 손수 노를 저어야 갈 수 있는데 호수의 오염을 막기 위해 모터가 달린 배는 운항하지 못하게 해서 옛 방식의 나룻배뿐이라고 했다.

젊은 사공과 약간 늙수그레한 사공이 있었는데 노를 젓는 게 힘들 법도 한데 그들의 얼굴은 해맑은 소년들 같았다. 자신의 일에

집 나가면 개고생? Oh, no!

최선을 다하는 모습이 보기 좋았다. 늙은 사공이 우리를 보자 깨알 같은 자랑을 늘어놓았다.

"내가 한국 텔레비전에 나온 사람이다."고.

아마도 드라마 「흑기사」 촬영 때 노 젓는 모습이 잠시 나왔나 보다.

뱃사공 덕분으로 섬에 도착하니, 제일 먼저 99개의 계단이 보였다. 계단 위로 올라가면 성모승천 성당이 있는데 슬로베니아 젊은이들에겐 이곳이 로망의 결혼식 장소라고 했다.

그런데 이곳 성당에서 결혼식을 올리려면 신랑은 어마어마한 미션을 치러야 한다. 반드시 신부를 안고 99개의 계단을 올라가야 한다니 결혼도 하기 전에 신랑의 허리가 결딴나지 않을까 싶었다. 그냥 빈 몸으로 걸어 올라가기도 숨이 턱에 닿도록 헉헉거리는데 말이다.

성모승천 성당에는 소원의 종이 있는데 종을 세 번 치면서 소원을 말해야 한다. 우리 일행은 종을 치기 위해 줄을 서서 차례를 기다렸다. 가톨릭 신자도 아니면서 나는 성모님께 소원을 말하려니 염치가 없어도 여간 없는 게 아니었다. 세 번 종을 쳐서 종소리가 나면 소원이 이루어진 거라 하는데 잼처 쳐대니 누가 친 종소리인지 알 길이 없고 누구의 소원이 이루어진 건지도 알 수 없었다. 아무렴 어떠랴! 누가 됐든, 단 한 사람이라도 소원이 이루어지길 바라는 마음으로 성당을 나왔다.

이 성모승천 성당도 중세 시대 큰 지진으로 막대한 피해를 입었지만 1747년에야 겨우 지금의 성당 모습으로 갖춰졌다고 한다. 성모승천 성당이 이곳 블레드에만 있는 게 아니라 폴란드 그단스크, 스위스 취리히, 러시아 모스크바에도 있다고 하니 전 세계에 흔히 있는 곳인가 보다. 성당을 나오니 30분간 자유시간을 주었다.

조그만 섬에 성당, 카페, 기념품 가게, 와인 가게, 아이스크림 가게 등 없는 게 없었다. 남편과 나는 카페에서 카페라떼 두 잔을 시켰다. 말이 안 통해도 물건 사는 데는 지장 없이 잘 알아듣는 게 고마울 따름이었다.

커피를 들고 에메랄드빛 호수를 물끄러미 바라보고 있으니 마음은 이미 블레드 호수의 말간 물빛을 닮아가는 것 같았다. 무슨 욕심이 더 있으랴. 무슨 근심이 더 있으랴. 시간이 멈춰서 마냥 그 자리에 있고 싶었다.

패키지여행에서는 그럴 수 없지만, 마음 같아선 이 행복한 시간을 내려놓고 가고 싶지 않으니 말이다.

남편이 전에 그랬었다. 퇴직하면 기타를 배우고 싶다고! 블레드 섬에서 호수를 바라보다 잠시 생각에 잠겼다. 만약 남편이 기타를 배우게 되면 꼭 듣고 싶은 곡이 있다. 〈자전거 탄 풍경〉이라는 가수가 부른 노래를 기타 치며 불러 달라고 할 참이었다.

집 나가면 개고생? Oh, no!

- 너에게 난 나에게 넌 -

　너에게 난 해 질 녘 노을처럼

　한 편의 아름다운 추억이 되고

　소중했던 우리 푸른 날을 기억하며

　우~ 후회 없이 그림처럼 남아주기를

　나에게 넌 내 외롭던 지난 시간을

　환하게 비춰주던 햇살이 되고

　조그맣던 너의 하얀 손 위에

　빛나는 보석처럼 영원의 약속이 되어……

블레드 호수가 한눈에 내려다보이는 이곳에서 기타 반주로 〈너에게 난 나에게 넌〉를 들을 수 있으면 좋겠지만 그건 말 그대로 희망사항일 뿐이다.

우리 일행들은 예쁜 호수를 찍어대느라 바빴지만 나만 생뚱맞은 생각에 잠겨서 떡 줄 사람은 생각도 않는데 김칫국부터 마시고 있는 꼴이었다.

아껴먹은 커피가 바닥을 드러냈다.

다시 99개의 계단을 밟고 내려왔다. 올라갈 때는 숨이 차서 힘들었지만 내려오는 발걸음은 아쉬움에 더 힘들었다. 나룻배를 타고 보니 섬이 점점 등 뒤에서 멀어져 갔다. 블레드 성의 우뚝 선 모습이 위풍당당해 보였다. 호숫가에는 으리으리한 저택이 많았는데 슬로베니아 부호들의 별장이란다. 역시 좋은 곳은 죄다 돈 쟁이들 차지인가 보다. 억울하면 출세하는 수밖에….

블레드 호수는 햇볕에 반사되어 윤슬을 만들며 찰랑거렸다. 물 바람이 살랑대는 섬이 점점 멀어져가는 아쉬움에 사진을 몇 장 찍었다.

뱃사공 아저씨의 따뜻한 배웅을 받으며, 우리 일행은 슬로베니아 마지막 행선지 수도 '류블랴나'로 향했다.

류블랴나 가는 길에 면세 쇼핑점 앞에다 차를 세웠다. 살 것이 있으면 사라는 건데 이곳 역시 꿀과 화장품이 좋다고 가이드가 역성을 들었다. 아이쇼핑을 하러 들어갔다가 쥬얼리 코너를 보니 사고 싶은 게 있었다. 진주목걸이를 갑자기 꼭 사고 싶었다.

시집와서 첫 번째로 맞는 며느리 생일이 얼마 남지 않았음을 생각하니 더욱 그런 생각이 들었나 보다. 지난달 체코에 갔을 때 샀던 크리스털 목걸이는 가격 부담 없이 예뻐서 샀지만, 진주목걸이는 결코 싼 가격은 아니었다. 여행비의 여윳돈을 탈탈 털어 구입했다. 은은하게 빛나는 진주목걸이가 우리 며늘아이에게 잘 어울릴 것 같았다.

진주목걸이를 포장해 주는 상자가 맘에 들지 않았지만 뚝배기

보다 장맛이라 하지 않는가. 이왕 큰맘 먹고 구입했으니 맘에 꼭 들어야 할 텐데. 받을 사람이 좋아하면 그걸로 충분하다고 생각했다.

여행 와서 이것저것 쇼핑하는 사람들을 외화 낭비한다며 마땅찮아 해 놓고서는 내가 그 대열에 끼고 말았다. 눈 질끈 감고 한번 질러 버렸다.

사랑스러운 도시 류블랴나

슬로베니아는 14세기 오스트리아 합스부르크 왕가의 지배하에 있다가 1차 세계대전 이후 합스부르크 왕가로부터 독립을 하였다. 2차 세계대전 이후에는 유고연방국에 편입되어 공산주의 나라가 되었다. 그러다가 36년 만에 유고연방에서 탈퇴해 1991년에 독립국이 되었다. 유고연방국 탈퇴에 따른 적잖은 대가를 치르긴 했지만 다른 유고연방국들과는 달리 발빠르게 EU에 가입해 발칸반도의 고만고만한 나라 중에 가장 먼저 선진국 반열에 올랐다. 부지런한 국민성도 한몫하긴 했지만 슬로베니아는 과거 잘못된 합종연횡을 재빨리 털고 일어난 용기가 있는 민족이 아닌가 싶었다.

프랑스 정치가 로베스 페이르가 했던 말처럼 오믈렛을 만들려면 계란을 깨드려야 하는 건 당연하리라.

류블랴나에 도착하니 오후 3시가 다 되었는데도 햇살이 따가웠다. 구시가지를 가로지르며 유유히 흘러가는 류블랴니차 강은 강폭이 넓지 않았다. 우리나라 한강에 비하면 강이라고 하기엔 민망할 정도였다. 강을 사이에 두고 강변에는 술집과 레스토랑이 많았다. 노천카페에 앉아 커피를 마시고 식사를 하는 슬로베니아 젊은이들의 표정에서 활기와 낭만이 넘쳤다. 참으로 미추름한 젊은이들의 자유로운 모습이 보는 내내 부러웠다.

젊은이들이 즐거운 오후 한때를 보내고 있는 게 무에 부러울까만 우리나라 젊은이들이 결코 누릴 수 없는 낭만이 있어 보였기에 부러운 것이리라.

치열한 취업전선에서 살아남기 위해 매일 총성 없는 전쟁터를 누비는 우리나라 노량진 청춘들! 길거리 포장마차에서 옹색한 컵밥으로 끼니를 때우고 세 줄 슬리퍼와 세 줄 추리닝 바지를 입은 청년들이 죽치는 곳이 노량진의 현주소이다. 퀭한 얼굴로 매일 노량진 탈출을 꿈꾸는 젊은이들에 비하면 이곳 류블랴나 젊은이들은 적어도 그런 고민은 하지 않겠지 싶어서 말이다.

여행 첫날 세르비아 미하일로 거리에서 만난 젊은이들과 크게 비교가 되는 면도 있었다. 슬로베니아 세르비아 다 같은 유고연

204

방국이었는데도 지금은 삶의 질 격차가 천양지차로 보였다.

프레셰르노브 광장 중앙에 한 시인의 동상이 서 있었다. 이곳 슬로베니아 출신의 '프란츠 프레셰렌'인데 다소 생소한 이름의 시인이지만 슬로베니아에서는 민족 시인으로 추앙받고 있다고 한다. 인도의 타고르, 아일랜드의 예이츠처럼 말이다. 하지만 관광객들은 시인의 작품보다 순애보에 더 방점을 찍을 수도 있겠다. 프란츠 프레셰렌은 연인 율리아를 잊지 못하고 남의 아내가 된 첫사랑을 위해 평생 율리아 바라기 하며 독신으로 살았다고 한다.

시인다운 퍽 낭만적인 러브스토리를 가졌는지는 몰라도 연인 율리아는 얼마나 부담스러웠을까? 나는 프란츠 프레셰렌의 러브스토리가 결코 아름답지도 낭만적이지도 않게 느껴졌다.

나에게도 그런 엇비슷한 스토리가 있긴 하다. 연애 시절 남편이 나에게 한 말이다.

"네가 나와 결혼해 주지 않으면 나는 평생 총각으로 혼자 살거야! 네가 살고 있는 옆집에서 말이야!" 남편이 위대한 개츠비라도 되려 했던 걸까?

순전히 젊은 날의 호기이고 치기겠지만 남편은 결코 혼자 살아갈 사람이 아니다. 그것은 거지가 꿀 얻어먹기보다 더 힘든 일임을 나는 잘 안다.

프란츠 프레셰렌의 동상을 보니 마치 율리아의 사랑을 갈구하는 듯 눈빛이 아주 애절해 그 자리를 벗어나기가 머뭇거려졌다.

트리플 브릿지의 하나인 '용의 다리'로 가기 전 절규하는 남녀 조각상이 있었는데 그것이 '아담과 이브상'이라고 했다. 아담과 이브가 선악과를 따먹다가 에덴동산에서 쫓겨났을 때 모습을 형상했다고 한다. '내가 왜 그랬을까?' 하는 아담의 절규와 '너 때문에 나까지 망했다!'고 울부짖는 이브의 상이 그럴듯했다.

용의 다리에도 누군가가 수많은 사랑의 자물쇠를 채워놓았다. 이 사랑의 자물쇠는 나라마다 다리 난간에서 신물나게 보아온 터라 이제 식상하기까지 했다. 전 세계 연인들은 다 그렇게 사랑을 자물쇠로 맹세해야 하나. 일정 기간 지나면 시청에서 나와 자물쇠를 다 끊어가 버린단다. 자물쇠로 인해 다리 난간의 하중이 위험해서인데 끊어가면 또 걸고 하기를 반복한다니, 꼭 자물쇠를 걸어야 사랑이 완성되는지 의문이다. 그러고도 얼마든지 찢어지는 게 사람 마음인데 말이다

'류블랴나'는 사랑스러움이란 뜻을 가진 도시답게 실제 어디를 봐도 사랑스럽다는 생각이 저절로 들게 했다.

작지만 강한 나라

 슬로베니아는 많은 사람들에게 생소한 나라일지도 모른다. 체코와 분리된 슬로바키아와 혼동하는 사람이 있는가 하면 아예 슬로베니아가 실제 존재하는 나라인지조차도 모르는 사람이 더 많다. 슬로베니아는 오스트리아, 헝가리, 크로아티아, 이탈리아까지 네 개의 나라와 국경이 맞닿아 있다.

 유고슬라비아에서 1991년에 독립되어 나온 지 올해로 27년이 된 나라이다. 그러고 보니 우리 작은아이가 태어나던 해이니까 스물일곱 살 동갑내기가 아닌가. 물론 서기 627년 발칸의 사바강 유역에 슬로베니아 왕국을 세워 여러 나라의 지배를 받긴 했지만 유구한 역사를 가진 나라인 건 엄연한 사실이다. 지금의 슬로베니아로 재탄생한 역사가 27년이란 뜻이다.

팔팔한 젊은 기상을 가진 슬로베니아는 무궁무진한 발전을 이뤄낼 국가임에 틀림이 없다.

동유럽의 알프스, 발칸의 스위스로 지칭될 만큼 무한한 가능성의 나라! 슬로베니아 여행을 마치면서 어찌 부럽지 않으랴.

류블랴나에서 숙소로 오는 내내 아카시아 꽃이 만발한 산야를 보면서 이곳 발칸반도 나라의 꿀이 왜 유명한지 이유를 알 것 같았다.

여행의 마지막 밤이다. 여행은 너무 즐겁고 행복했지만, 손가락 사이에 습진이 생겨서 여행 내내 고생을 했다. 빨래도 설거지도 하지 않고 해주는 밥 먹고 여행 잘 다녔는데 손가락 사이에 웬 피부병이람! 가렵고 따가워서 많이 힘들었는데 일행 중 한 분이 피부 연고를 주어서 한결 편했다. 마치 자기 일처럼 챙겨주던 고마운 분께, 제대로 인사도 못 한 것 같아 미안하다.

슬로베니아에서 보내는 여행의 마지막 밤이 무척 아쉬웠다. 다시 올 기회는 없을 테고, 이제 가면 영영 끝일 테니까.

지난번 동유럽 여행 때 독일에서도 그랬듯이 발칸에서의 마지막 날 밤도 아쉬워서 쉬이 잠이 오지 않았다.

다시,
크로아티아

자그레브로 GO GO!

7일 차 아침, 슬로베니아에서 아침을 먹고 다시 크로아티아로 향했다. 크로아티아의 수도 자그레브 공항에서 비행기를 타야 하기 때문이고, 크로아티아 유명 관광지는 다 구경했지만 수도는 마지막 날 오전에 관광하는 일정이었다. 슬로베니아와 자그레브는 2시간 남짓한 거리에 있었다.

크로아티아는 워낙 인기 있는 관광상품이 많은 나라여서 정작 수도 자그레브는 시들방귀인 모양이었다.

발칸반도 4국이 다 그랬다. 베오그라드, 사라예보, 류블랴나, 자그레브! 모두가 한 나라의 수도라기에는 너무 아담한 도시였다. 물론 대한민국의 수도인 서울을 떠올리며 비교해서 초라해 보일 수도 있겠지!

하지만 중세 시대 때부터 존재했던 도시이고 역사 또한 늘 전쟁의 역사였다. 인류의 역사가 다 그렇듯이, 크로아티아도 오늘날 '아드리아해의 진주'로 불리기까지 숱한 대가를 치렀다. 민족전쟁에서 시작해 종교전쟁이 되기가 다반사였다. 발칸엔 슬로베니아와 크로아티아는 가톨릭 문화권이고 세르비아는 그리스 정교회에 속하고 보스니아는 그리스 정교와 이슬람이 섞여 있다. 이러니 늘 지지고 볶고 전쟁을 하지 않을 수 있었겠는가…….

종교가 사랑과 평화가 아니라 오히려 배신과 복수가 난무하는 끝없는 악순환의 연속이었던 게 발칸반도의 슬픈 이면이다. 뭐 다른 나라인들 전쟁의 역사, 피의 역사에서 자유로울 수 있겠는가. 어차피 깨어진 냄비 꿰맨 뚜껑이니 발칸만 화약고라고 흉볼 건 없다는 말이다.

발칸반도는 이제 더이상 '유럽의 화약고'가 아닌, 가보고 싶어서, 못 가서 안달이 날 정도로 사시사철 관광객이 넘쳐나는 나라들이다.

넥타이의 나라를 아십니까?

　자그레브 시내에서 구시가지로 올라가는 골목길 어느 창문에 큰 넥타이가 걸려 있었다. 아마도 넥타이 가게인가 보다. 저 넥타이를 맬 수 있는 사람은 아마 삼국지 인물 중에 관우쯤 되겠다. 엄청나게 큰 넥타이였다. 넥타이는 크로아티아가 원조라고 한다. 크로아티아인들이 목에 매던 스카프를 프랑스 왕 루이 14세와 귀족들이 흉내를 내어 착용하기 시작하면서 넥타이로 진화했다고 한다. 넥타이가 프랑스어로 '크라바트(cravat)'인데 크로아티아 사람에서 유래되었다 해서 넥타이 뜻을 '크로아티아 사람'이라고 했다.

　넥타이가 크로아티인이라는 뜻을 가지고 있다고, 넥타이를 매는 사람들이라면 상식으로 알아두어도 좋을 것 같다.

자그레브도 역시 신시가지와 구시가지로 나뉜다. 구시가지에서 처음 보는 성당이 '성 마르코 성당'인데 타일로만 박아서 지붕을 만들었고 그 타일에 크로아티아 국기 문장을 새겨 두었다. 많은 성당을 보아 왔지만 참으로 특이해서 성 마르코 성당은 절대 잊히지 않을 것도 같았다.

성당 옆에 별스러운 박물관이 있었는데 직접 들어가 보지는 못했지만 그곳은 '실연(失戀) 박물관'이란다.

크로아티아의 한 커플이 사랑하다 헤어지면서 주고받았던 물건을 고스란히 전시해 놓은 게 시초가 되었고 그 소문이 알려져 여러 나라에서 실연 기증품이 들어와 지금은 100여 점을 전시해 놨다고 했다. 별 희한한 박물관에 직접 들어가 볼 수는 없었지만 나는 꽤 궁금했다. 가이드 말로는 연서(戀書)가 많지만 심지어는 도끼도 있다고 했다. 연인 사이에 도끼라니? 사랑할 때와 이별할 때의 모습이 극과 극은 아닌가 싶다. 사랑이 끝나도 여전히 사랑이 남아야지, 사랑이 끝난 뒤에 미움이 남는다면 그건 진정한 사랑이 아닐 거라는 게 나의 어줍은 사랑법이다.

반옐라치치 광장에서 오른쪽 구시가지 언덕으로 올라보니 자그레브 시내가 한눈에 조망되었다. 자그레브 대성당이 단연 돋보였는데 이 성당은 100m가 넘는 2개의 첨탑이 인상적이었다. '성슈테판 성당'이라고도 하지만 오스트리아 비엔나에 있는 성당 이름과 같아서 '자그레브 대성당'으로 더 많이 불린단다.

2014년쯤에 TV 예능프로 '꽃보다 누나'를 촬영했는데 출연자의 한 사람인 배우 김자옥이 이 성당에서 기도를 올리며 많이 울었다고 가이드가 말해 주었다. 당시 대장암 말기 환자였던 김자옥은 건강하게 해달라고 간절히 기도를 올리지 않았을까 싶다. 그러나 병마에 한번 덜미가 잡힌 김자옥은 해를 넘기지 못하고 그해 11월 중순 어느 날, 그예 우리 곁을 떠나갔다. 걸출한 여배우의 죽음에 많은 이들이 안타까워하지 않았던가!

구시가지 언덕 위에서 내려오는 좁은 골목길에 낙서로 가득한 벽이 있었다. 체코 프라하에서 봤던, 존 레논 벽을 연상케 했는데 각국의 여행자들이 벽에다 낙서를 해 놨기에 가만히 살펴보니 한글도 보였다. 'OOO 다녀가다'는 낙서를 보니 한국인다운 낙서였다. 담벼락 구석에 누군가가 조그만 글씨로 써 논 한글 몇 줄이 내 눈에 들어왔다.

'이룰 수 없는 사랑이기에 당신을 잊으려고 이토록 먼길을 떠나왔건만 내 마음은 한걸음도 당신을 떠나오지 못했습니다. OOO 님 사랑합니다.'라고 적혀 있었다. 벽서한 사람이야 창자가 끊어질 듯 절절하겠지만 이룰 수 없는 사랑이라면 필시 부적절한 사랑일 게다.

나훈아 노랫말처럼 사랑은 눈물의 씨앗이고 눈물은 어차피 세월이 약이지 않은가! 가지 못할 길이라면 돌아서 나오는 것도 현명한 방법일 텐데 굳이 이역만리까지 와서 울고 짜고 남의 나라 벽에다 속마음을 끄적거릴 일인가 싶다.

구시가지 골목길을 구경하던 중에 '가스등' 있어 나는 신기하게 봤다. 구시가지에 땅거미가 밀려오고 어둑발이 내리면 예쁜 가스등이 켜질 텐데 우리 일행은 오전 나절에 왔기에 불이 들어온 가스등 구경은 포기해야 했다.

노란 가스등이 켜지면 골목길은 얼마나 낭만적일까. 가스등이 켜진 거리를 걸어보지 못하는 게 아쉬웠다. 해거름에 가스등을 일일이 손으로 켰다가 아침이면 또 손으로 일일이 끈다니, 그 수고로움을 마다않는 불빛 배달부가 누군지 궁금했다.

내가 기억하는 '가스등'은 따로 있다. 잉그리드 버그만 하면 가장 먼저 떠오르는 게 영화 '가스등'이다. 아름다운 여배우의 풋풋한 시절을 감상하는 재미는 더할 나위 없이 좋지만 음산한 스릴러 범죄물이라서 소름이 돋는 영화이기도 하다. 자그레브 가스등 밑에서 뜬금없이 잉그리드 버그만을 생각하다 일행을 놓칠 뻔했다.

골목을 내려오니 돌라츠시장으로 가는 길과 연결되어 있었다. 이곳 시장은 오후 3시쯤이면 파장이 된다고 했다. 다행히 오전 시

216

간이라 장이 꽤 흥성거렸다. 꽃가게, 치즈, 과일, 소시지, 채소 등 싱싱하면서 가격도 저렴했다. 당근도 소쿠리에 가득 담아 2천 원 정도였다.

우리 일행은 또 체리 파는 가게 앞에 몰려가 체리값을 흥정했다. 체리 1kg, 살구 1kg을 만 원 정도의 돈으로 구입했다. 체리를 먹고 또 먹고 정말 실컷 먹었다. 한국에서는 비싸서 선뜻 못 사 먹었는데 1/3 가격으로 살 수 있으니 이럴 때 실컷 안 먹고 가면 우리나라에 가서 후회할 것 같았다. 아드리아해의 많은 일조량을 쬔 과일이 어찌 달지 않을까.

시장 사람들은 활기가 넘쳤지만 그렇다고 호객행위를 하지도 않았다. 꽃가게를 둘러보니 우리나라에서 못 보던 꽃이 있기는 하지만 장미, 백합, 카네이션, 글라디올러스 등 대부분 낯익은 꽃들이 시장에서 팔리고 있었다. 아담한 꽃바구니를 보고 가격을 물어보았다. 물론 살 것도 아니면서 우리나라와 물가를 비교해보려는 심산이었다. 10유로라고 하니 13,000원쯤의 가격이었다. 계절별 꽃값이 다르긴 하지만 우리나라 같으면 얼추 4만 원쯤은 불렀을 것이다.

자유시간 동안 살구와 체리를 사서 한구석에 쭈그리고 앉아 남편과 배부르게 먹고 나니 점심시간이 되었다.

구시가지 뒷골목에 위치한 한식당에서 점심을 먹었다. 체리와

217

살구로 이미 배를 채운 터라 식욕도 없었다. 그래서 한식이라 해도 그다지 기대하지 않았는데 그러길 잘했다. 역시 흉내만 내다만 한식이었다. 밥이든 반찬이든 기본 차림 외에는 다 돈을 받았다. 리필이라는 게 전혀 없었다. 식당에서 물조차도 리필 없이 2유로를 받으니 어이가 없었다. 우리나라는 화장실 인심은 말할 것도 없고 식당에서 리필 인심이 얼마나 좋은가. 달라는 대로 척척 갖다 주니 말이다.

물이 더 먹고 싶어도 추가 요금이 무서워 그냥 나왔다.

예전 우리 학창시절에 자기 고향 소개를 할 때 어느 도 어느 군 어느 면 어느 리를 우스갯소리로 너스레를 떨었던 말을, 이곳 자그레브에서 다시 써먹게 될 줄이야.

인심도 고약군 좀주면 어떠리!

점심을 먹고 나오니 식당 건물 앞에서 한 아가씨가 바이올린을 들고 거리의 악사 노릇을 하고 있었다. 지나가는 사람들이 더러 동전을 던져 넣었다. 거리의 악사도 결과적으로 구걸하는 것이다. 값비싼 악기를 들고 좀 더 고급형으로 구걸한다 뿐이지, 구걸하는 그 자체는 달라지지 않는다.

바이올린 연주 한 곡 듣고 우리도 남은 돈 탈탈 털어 50쿠나를 거리의 악사에게 줬다. 고맙다고 연신 고개를 숙이며 인사를 했다. 바이올린 실력이 얼마나 되는지 문외한인 내가 알 길은 없지만 그래도 젊은 아가씨 쳇것으로는 바이올린 구걸이 모양 빠지는 짓임에는 틀림이 없어 보였다.

자그레브를 떠날 시간이 되었다. 버스를 타고 공항으로 이동을 하는 도중에 소나기가 쏟아졌다. 조금 전까지도 쨍쨍하던 하늘에 비가 쏟아지니 신기할 따름이지만, 우리 일행은 차를 타고 있었기에 비를 피할 수 있었다. 우리가 여행하는 동안 발칸에 더러 비가 내리긴 했지만 신기하게도 우리 일행은 요리조리 용케 피해 다녔으니 이 또한 어찌 행운이 아니랴. 그러고 보니 일행 중 '태양을 몰고 다니는 사나이' 그분 덕을 톡톡히 본 것 같다. 여행 때마다 이런 분이 꼭 한 분 있었으면 좋겠다.

집 나가면 개고생? Oh, no!

자그레브를 등 뒤에 두고

공항으로 가는 길은 늘 아쉽다. 애써 태연한 척해도 아쉽고 또
아쉬웠다. '크로아티아여 안녕! 아니 발칸이여 안녕!' 빗속에서
멀어져 가는 자그레브에 나직이 안녕을 고했다.

공항 검색대에서 우리 가방에 위험 물건이 있다며 가방을 열어
보라고 했다. 보스니아 사라예보 시장에서 샀던 탄피로 만든 볼
펜이었다. 가차없이 볼펜을 압수당하고 나니 아깝기보다는 아쉬
웠다. 기념품을 보면서 오래오래 보스니아를 기억하려고 했는데
말이다.

자그레브에서 도하로 가는 비행기 안은 예상보다 한산했다. 꽉
꽉 눌러 담은듯한 만석 비행기만 타고 다니다가 널찍널찍한 좌석

을 보니 마음부터 한결 여유로웠다. 도하에서 인천공항 가는 10시간짜리 비행기도 이렇게 널널했으면 좋겠지만 항공사 입장에서는 "무슨 귀신 씻나락 까먹는 소리를 하냐? 우린 뭐 먹고 살라고!" 할 수도 있겠다.

카타르의 도하 공항에서 환승하기까지 긴 기다림이 있었다. 한창 꿈나라에 있을 시간인데 공항 대합실 의자에서 4시간 반을 기다리려니 힘들었다. 인천행 비행기에 오르니 역시나 콩나물시루였다.

세르비아, 보스니아, 크로아티아, 슬로베니아. 네 개의 나라를 여행하며 보고 느꼈던 감동의 순간들이 주마등처럼 스쳐갔다. 나는 개인적으로 보스니아가 제일 눈에 밟힌다. 보스니아의 수도 사라예보와 모스타르에서 만난 사람들 하나하나가 떠올랐다. 전쟁의 상흔을 딛고 삶에 다시 박차를 가하는 그들의 모습을 보았다. 슬프지만 언제까지나 슬픔에 젖어 있을 수는 없는 일, 잊지는 않되 그 슬픔에 갇혀 있지도 않겠다는 그들의 의지를 엿볼 수 있었다. 전쟁의 참화를 모질음 쓰며 견뎌낸 세대들이 이제 나라의 주역들로 성장했는데 나는 보스니아 사람들에게 '힘내라! 내일도 맑음'이라고 응원하는 마음으로 돌아왔다.

2018년 4월에 갔던 동유럽의 4개 나라, 5월에 갔던 발칸 유럽의 4개 나라, 여덟 개의 나라를 비교해보면 나라마다 그들의 특색이 있고 기질이 있었다. 내가 본 동유럽은 독일과 오스트리아를 제외하고 모두 공산주의 국가였다. 독일도 그 절반인 동독이 공산주의 국가이긴 했지만.

사회주의에서 자본주의로, 공산주의에서 민주주의로 환골탈태한 국가들이다. 공산주의 탈피 후 그들은 지난 30년 동안 개혁과 개방으로 눈부신 발전을 이뤘고 발칸 유럽은 20세기 마지막 전쟁을 겪었지만 굳세게 일어나 내일을 향해 힘차게 걸어가는 나라들이라는 걸 알 수 있었다.

그들이 가진 천혜의 관광자원, 또는 조상들이 물려준 문화유산으로 매년 엄청난 관광객을 끌어모으고 있으니 동유럽도 서유럽 못지않게 그들의 미래는 한층 더 밝을 것이다.

그런데 아직도 동토의 땅에서 인권은 뒷전이고 인민들을 착취해 그들만의 호화로운 세상을 사는 우리 북쪽 사람들은 어찌할꼬! 복장 터지는 일이 아닐 수 없다. 언제쯤이면 우리 북녘땅에도 완전한 봄이 올까? 세월이 더 필요하겠지만 해토되는 날이 꼭 오리라 나는 믿는다.

그 봄날의 여행은 나에게
단물곤물이었다

아주 오래전부터 품어온 생각이었다. 내가 해외여행을 할 여건이 되면 꼭 동유럽 쪽으로 가야겠다고!

왜냐면 내가 학창시절 교과서에서 배웠던 공산주의 국가들이 무척이나 궁금했기 때문이다. 그렇다고 내가 공산주의를 신봉하는 건 결코 아니다. 외려 혐오 쪽에 가깝다. 그러면서 왜 공산주의 국가들이 궁금하고 가보고 싶으냐고, 물색없지 않으냐고 핀잔한다면 나는 딱히 할 말이 없다.

"그냥 예전부터 궁금해서!"라는 이유가 전부일 테니까.

헝가리, 폴란드, 유고슬라비아, 체코슬로바키아, 루마니아, 불가리아 등 학창시절 배운 동유럽 국가들인데 그중에 유고슬라비아와 체코슬로바키아는 1990년도 이후에 편찬된 지리부도에서 사라져 버린 나라들이다. 그나마 체코슬로바키아는 체코인과 슬로바키아인으로 분리되었지만, 유고슬라비아는 이 지구상에 존재했던 나라인지도 모르게 아주 터무니없이 되었다.

유고슬라비아는 6개의 나라로 쪼개졌다가 2008년 코소보까지 독립을 선언하여 7개국이 되었다. 코소보를 아직도 독립국으로 승인하지 않는 몇 나라가 있긴 하지만 그래도 한국은 물론 미국과 EU 등 114개국이 코소보를 독립국으로 인정하고 있다.

2018년 봄, 나에게 해외여행의 여건이 갖춰졌다. 그래서 망설임 없이 동유럽을 다녀왔고 뒤이어 발칸 유럽을 다녀왔다. 실제 가보니 내가 왜 이곳에 오고 싶었는지를 확실하게 알 것 같았다.

동유럽 8개국을 다녀와 마음속에만 담아두기에는 너무 용량이 많아 과부하가 걸릴 것 같아서이기도 하지만 시간이 지나면 차츰차츰 지닐총도 사라지고 모든 게 희미해질까 봐 나만의 여행기를 남기기로 했다.

다분히 주관적인 묘사가 많고 쓰잘머리 없는 잡담도 많지만 먼 옛날의 기억까지 되새김질하는 홍겸은 아주 쏠쏠했다.

패키지여행이 다 그렇듯 주마간산으로 또는 수박 겉핥기로 스쳐간 것에 불과할지라도 나는 최대한 눈을 크게 뜨고 귀를 쫑긋

세웠다. 보고 들으며 적바림한 메모지를 간동거려서 여행기에 담고자 했기에 말이다. 나로서는 물 묻은 바가지에 깨 엉겨 붙는 재미였지만 그렇더라도 책으로 엮어내기엔 턱없이 부족하다는 걸 인정하지 않을 수 없다. 하지만 나름대로 최선을 다한 여행기록이니 이걸로 만족해야겠다.

여행을 다녀온 한 달 뒤에 '2018 러시아 월드컵'이 열렸다. 비록 우리나라는 16강에도 못 들었지만 발칸의 크로아티아는 기염을 토하며 결승 진출을 했다. 프랑스와 결승전을 치를 때, 나는 전적으로 크로아티아를 응원했다.

크로아티아를 여행 중에 우리 일행에게 조건 없이 순수한 호의를 베풀어 준 한 소년이 생각나서였다. 인정도 품앗이라고 하지 않았는가! 그 소년도 이 시각 텔레비전 앞에서 자국의 우승을 간절히 염원하고 있다는 걸 알기에 심심상인의 마음으로 경기를 지켜봤다. 크로아티아는 아쉽게도 월드컵 준우승에 머물렀지만 인구 470만의 나라가 그만큼 이뤄낸 것도 대단한 일이 아닌가 싶었다.

월드컵 때만 되면 양은냄비처럼 팔팔 끓다가 월드컵이 끝나면 곧바로 축알못이 되는 우리나라는, 월드컵 결승 진출이라는 대망의 기록은 언제쯤에나 가능할까. 거북이 등에 털이 나고 까마귀 대가리가 희게 될 때쯤이면 될까.

여행에서 무엇을 보고 무엇을 체험하고 무엇을 느끼느냐에 따라 여행의 기억은 저마다 달라질 수밖에 없을 것이다. 즉 생각과 느낌은 오롯이 각자의 몫이다.

동유럽에서 만났던 사람들, 말이 통하지 않아도 세상 사는 이치는 같고 사람 사는 세상 또한 매한가지였다. 흑인이든 백인이든 황인이든 똑같이 희로애락을 가진 사람들임에는 두말할 나위가 없었다.

내가 여행 갈 때는 발칸반도에 직항이 없어서 환승해 가야 했지만 2018년 9월 1일 자로 대한항공이 크로아티아 자그레브 공항에 취항했다니 반가운 소식이다. 이제 발칸반도 여행을 훨씬 편리하게 갈 수 있게 되었다.

끝으로 이 책을 매조지 하면서 여행 중 수없이 행복했던 시간과 재회했고 소중한 기억을 이삭줍기하는 보람 또한 결코 허드렛일이 아니었다. 그러고는 혼자 중얼거려 보았다.

'누가 그랬던가! 집 나가면 개고생이라고? 천만의 말씀 만만의 콩떡이다. 경치 좋은 곳을 보니 눈 호강, 공기 좋으니까 코 호강, 맛있는 거 먹고 다니니까 입 호강, 듣고 배우는 거 많으니까 귀 호강, 집 나가면 개고생이 아니라 호강만 줄줄이 사탕이더구먼, 뭐!'

무술년 만추에
장은초